「待っ……あ」
ぴちゃりと、微かな水音が響き、木佐の動きがぴたりと止まる。
「嫌だ、待て……離せ」

LiLiK Label

弁護士は一途に脆く

杉原那魅

大誠社リリ文庫

本作品はフィクションです。
実在の人物・団体・事件などには一切関係ありません。

Contents

イラスト／汞りょう

覚悟を決めたのは、大学卒業という人生の節目となる日のことだった。

冬の寒さがやわらぎ、本格的な春へと変わるこの季節。木佐《きさ》の心中とは裏腹に、頭上には皮肉な程澄んだ青空が広がっていた。

「もう会わないって、どういうことですか」

対峙《たいじ》した男の、こちらを射貫《いぬ》くように真っ直ぐな黒い瞳。

長身で体格が良い上にきちんと背筋が伸びているため、男が人に威圧感を与えていることは知っている。けれど木佐は、わざとそのことを指摘してやらなかった。意地悪などではなく、清々しいその姿勢が、木佐にとっては好ましいものだったからだ。

木佐が見下ろされても屈辱を感じないのは、男の素直な性分を知っているからだろう。

ただ、素直さゆえに——好意を簡単に言葉に出来るところだけは嫌いだった。

「そのままの意味だな。今日で二人とも晴れて大学を卒業。これを機に、縁を切りましょうってね。あれから五年、罪滅ぼしもそろそろ気が済んだだろう？」

全ての感情を押し殺し、唇に笑みを刻む。少しの未練も見せないよう、目の前にいる男はこれからの自分に無関係な人間なのだと、心の中で繰り返す。

冷たく突き放すような声が、出せているだろうか。胸の奥に渦巻く、縋《すが》りつきたいような感情が滲《にじ》み出てはいないか。それだけが心配だった。

「どうして……」

改めて自分で言った台詞を思い返し、随分滑稽《こっけい》なものだと自嘲する。縁を切るといちいち宣言するなど、まるで恋人の別れ話のようではないか。

付き合っていたわけでもない、ただの友人という間柄。しかも男同士で、一体何を言っているのかと笑いたくなった。

だがこうしなければ、木佐自身が気持ちに区切りをつけ切れないのも事実なのだ。

「お前が、嫌いだから」

簡潔な一言に、男が目を瞠《みは》る。傷つけただろうか。そう思いながら、あらかじめ用意しておいた台詞を続けた。

「たかが傷一つ、いつまで哀れまれなきゃならない？　鬱陶《うっとう》しい」

忌々しげに、左腕を見る。何年経っても消えない傷跡――男を庇《かば》って出来たそれが、全《すべ》ての原因だった。

お前が責任を感じる必要など、どこにもないのだと。そう言葉を重ねても、この男の心に刻まれた罪悪感を拭い去ることは出来ないだろう。

ならば、男がそんなものを持たなくても済むように振る舞うしか、方法はなかった。

「それは……っ」

「償《つぐな》いごっこは、もう十分だ」

声を発する度に、胸の奥が切りつけられたかのように痛みを訴える。酷い言い草だと、怒ってくれれば良い。そう願いながら、無神経なまでに艶然と笑ってみせる。男に軽蔑され自分の下から去って貰わなければ、手を離すことが出来ない。それは、木佐の弱さだ。

「だから、ここでお別れだ——正宗《まさむね》」

その名を呼ぶことが、木佐が男に対して唯一見せる執着。

馴染んだ名を舌にのせるだけで、どれ程の安らぎと胸の高鳴りを感じていたか、目の前の男は知らないのだろう。

「俺があんたにしていたのは、償いじゃない」

きっぱりと、真剣な表情で男が告げる。澄んだ瞳に翳《かげ》りなどなく、吸い込まれそうな色が木佐の内面の汚さを突きつけてくる。

他人は、自分の鏡なのだと。

ならば、木佐の中にもこれだけ綺麗だと思えるものがあるのだろうか。そんな埒《らち》もないことに思いを巡らせ、けれど、むなしい考えはすぐに捨てた。

「じゃあ、ただの自己満足か？」

男がどういうつもりで木佐の怪我を気遣い続けてきたのかは、知らない。ただ、それがどんな感情であれ結果は同じだった。

愛や恋ではない感情など、いらない。望んでも手に入らないのなら、ないも同然だ。

不意に、偶然見つけてしまった情景が脳裏を過《よぎ》る。人気のない場所で、小柄な女性と、目の前に立つ男とが口づけていた姿。

いつか、自分の想いを男に打ち明けられる日が来るかもしれない。そんな淡い期待が、全《まった》くなかったわけではない。だがそれも、所詮馬鹿な夢だったのだ。

男の木佐に対する罪悪感を言い訳にして、諦めきれないまま側に居続けた。あれは、そろそろ現実を見つめろという自分に対する警告だったのだ。そう結論づけながら、何か言いたげにしている男に背を向けた。口に出そうとして、迷っている。そんな印象だったが、木佐はあえて知らぬ振りをした。

「先……っ、真咲《まさき》！」

先輩、と言いかけたのだろう。だが突如改められた呼び名に、小さく肩が震える。

呼ぶな。叫びそうになる自分を抑え、振り返らないままひらりと手を振った。

「馴れ馴れしいよ。だからお前は駄犬っていうんだ、世話を焼きたきゃ他を探しな」

自分のことなど、いっそ忘れてしまってくれ、と。

さようならと告げることも出来ない勇気のなさを噛みしめ、木佐真咲は、そう願いながら男の前から立ち去った。

「木佐？　おい、木佐！」

唐突に意識に割り込んできた声に、木佐はぱっと顔を上げた。

いつの間にぼんやりとしていたのか。先程まで打っていたはずのノートパソコンのディスプレイに映った書類は、一文字も進んでいない。

身動《みじろ》ぎした弾みのように、机の上に積み上げた書類がぱさりと軽い音を立てて崩れた。

仕事場である、法律事務所の自分専用の執務室。チョコレートブラウンで統一された室内は、いわゆる事務所といった雰囲気を嫌った木佐によって、機能性とデザイン性を併せ持った空間に仕上げられている。もちろん、外観のみを重視し使い勝手が悪ければ意味がないため、その辺りもぬかりなく考慮されていた。

（あんな昔のこと、今更思い出してどうする）

今から十年近く前になる大学の卒業式。未《いま》だに蘇《よみがえ》る情景は鮮明で、心臓がじくりと痛みを訴える。何年経っても、この痛みは変わらないだろう。

崩れた書類を戻しながら視線を移せば、机の前に立つ男……成瀬秋貴《なるせあきたか》が、呆れたような顔をしていた。寝癖がついたようなぼさぼさの髪と、朝から放置されているのであろう無精髭。緩めすぎてぶらさがっているだけのネクタイと、黒のスリッパというういつもの出で立ちに、相変わらずマイペースな男だと笑いが漏れる。

基本、仕事中は髪を後ろに撫でつけ、着崩すこともなくスーツを身につけている木佐とは対照的だ。

『木佐法律事務所』と看板のかかった仕事場を立ち上げて数年。その名からも判るように、木佐と成瀬は弁護士を生業《なりわい》としている。

元々は、一人で立ち上げた事務所であった。だが高校時代からの友人でもあった成瀬が、以前いた事務所を辞めていたことを知り、木佐が引き込んだのだ。

この事務所へ依頼に来た大抵の人間は、まず成瀬の姿に腰が引ける。一応、依頼人に会う時はスーツのジャケットを着るようにと注意しているが、ネクタイを緩め無精髭を生やした弁護士を見ればぎょっとするのも当然だろう。それでも、仕事が終わった後には、成瀬に対し感謝と尊敬の色を浮かべた眼差《まなざ》しを向けて帰るのだから、面白いものだ。

ちらりと笑んだ木佐に、仕事中のみかけている眼鏡の奥で、成瀬が胡散臭《うさんくさ》そうに眉を顰《ひそ》めた。その様子に、肩を竦《すく》めてみせる。

「なんでもないよ。で、何？」

この事務所では、木佐と成瀬がそれぞれ執務室を持っている。木佐の執務室にわざわざ成瀬が足を運んできたということは、何かしらの用件があるのだろう。

無論、世間話という可能性もあるが、この男に限って言えばそんな可愛げはない。

「お前がこの間こっちに押しつけてきた、子供の引渡請求、判決出たぞ」

「ああ、終わったんだ。だってねぇ、民事は成瀬の方が得意なんだし適材適所。俺は刑事専門……っと、上告棄却《じょうこくききゃく》か。やっぱりね」

「まあ当然だろうな」

差し出された報告書を受け取り、ざっと目を通す。依頼人は、母子家庭の女性だった。以前木佐がとある傷害事件で弁護を担当した依頼人からの紹介で、事務所を訪れたのだ。

不倫の末子供を産んだ女性依頼人が、生活基盤を整えるため、三カ月程子供を両親に預けて職を探していた。だがその間に、子供が、養子にしたいと申し出た親戚に勝手に引き渡されてしまっていたらしい。

幸いにも縁があって理解のある仕事場が見つかり、これでようやく子供とともに暮らせると、意気揚々と迎えに行った矢先のことだったという。

両親は、娘が不倫の末に子供を産んだという事実が許容出来なかったらしい。一人で苦労して育てるより、子供のために良いと主張して母親の引渡請求に反対した。また引き取った先の人間も、母親への引渡を拒んだ。

調停を申し立てたが不調に終わり、結局裁判まで持ち込むことになってしまった。

結果、一審で母親の請求が認められて以降、相手方は控訴・上告まで行ったが、いずれも棄却された。

「まあ、不安要素は少なかったからね。親権を持った実母が健在で、虐待事実もなし。子供も、母親に嫌われていないって安心してたんだろう？」

木佐が報告書を返すと、さほど嬉しさも見せないまま、まあなと頷《うなず》く。

本当は誰よりも安心しているはずだ。だがそれを決して表に出さない成瀬に、指摘して笑うことだけは控えてやった。

「朋《とも》君も安心しただろうね。心配、してただろう？」

だからといって、からかうことまで控えてやる気はない。素知らぬ振りで、最近出来たばかりの成瀬の恋人であり、この事務所の事務員でもある青年……櫻井《さくらい》朋の名を引き合いに出した。

案の定こちらの意図が判ったのだろう、睨みつけてきた成瀬が早々に踵《きびす》を返す。この辺りのやりとりは、昔から変わらないものだ。

「おつかれー」

ぱたぱたと手を振り、執務室を出て行こうとする成瀬の背を見送る。だが、扉の前で足を止めた成瀬が、思い出したように振り返った。表情は変えないまま、目を細めるにとどめてこちらを見るその顔に、嫌な予感を覚え身構える。

「そういや、飯田《いいだ》から連絡があったぞ」

何気なく告げられた名に、木佐の顔が微かに引き攣《つ》る。

恐らくは、わざとだろう。ぎりぎりまで言わなかったのは、からかわれることを予想しての、成瀬の意趣返しだ。

「事件が一段落したから、晩飯食いに行こうだとさ。夕方……ああ、そろそろ来るだろ。俺は行かねぇから、お前と二人で行けっつっといた」

「げ、ちょっと、成……っ」

思わず腰を浮かせた木佐に、成瀬はからかわれたお返しだとでも言うように、ちらりと口端を上げそのまま部屋を後にする。

飯田正宗は、成瀬同様、高校時代からの友人だ。そして十年前の大学卒業時、木佐が一度縁を切った人物でもある。

再会したのは、五年前。偶然でもなんでもない。ある日なんの前触れもなく、成瀬が事務所に連れて来たのだ。逃げるどころか、心の準備さえ出来なかった突然の再会。木佐は、お久しぶりですという飯田の言葉に頷くだけで精一杯だった。

現在飯田は、警視庁捜査一課で刑事をしている。多忙だろうに、事件の合間に時間を作っては事務所へやって来る。

会いたいのか、会いたくないのか。いや、正直に言えば会いたいとは思う。だが、会ってしまえば気持ちが揺れる。すっぱりと諦めることが出来ない自分に、苦い、嫌悪に似た感情を覚えるのも昔から変わらない。

だからこそあの時、完全に友人関係すら断ち切ってしまおうと思ったのに。

左腕の傷跡を、服の上からそっと辿《たど》る。十数年の月日が経っても消えず、未だに飯田を罪悪感という鎖に繋いでいる証《あかし》。

「くそ、成瀬の奴」

黙っていれば秀麗な面持ちに似合わない舌打ちをし、木佐はちらりと時計に視線を走らせた。あと少しで、就業時間が終わってしまう。

生憎《あいにく》こんな日に限って夜の接見なども入っておらず、そうした情報は全て成瀬から伝わっているはずだ。

腐れ縁ともいえる成瀬と、飯田とのことについて話をしたことはない。だが、ほぼ全ての経過を知っているのだから、恐らく感づいてはいるのだろう。

木佐が、決して自分から飯田に連絡を取ろうとしないことに。

「知ってるなら、少しは協力しろ」

理不尽な愚痴《ぐち》をぶつぶつと零しながら、木佐は何か逃げる口実はないものかと思案を巡らせた。


保釈請求書のファイルに最後の一文字を入力し終え、ふっと息をつく。集中してパソコンのディスプレイを見ていたせいか、目がひどく乾燥している。数回瞬きをした後、ぎゅっと強く目を閉じると、瞼の裏でじわりと涙が滲む気がした。

執務室の向こうでかわされる微かな話し声が耳に届き、入口へ視線を移す。扉越しであるため内容までは聞き取れないものの、来客といった雰囲気ではない。その様子に、ああ来たかと溜息をついた。

次いで軽く響いたノックの音に、おざなりにいらえを返す。

「先生、お先に失礼します」

音もなく開かれた扉から顔を覗かせたのは、事務員の女性……榛名亜紀《はるなあき》だった。

時計を見れば、既《すで》に終業時刻を十五分過ぎている。お疲れさまと頷き返せば、榛名は会釈《えしゃく》を残し立ち去った。

それを見送り、再び新しいファイルを開こうとする。だが、榛名と入れ替わるように入口に立った男の姿を視界の端で捉え、木佐は遠慮なく顔をしかめてみせた。

「先輩、仕事終わりました？」

「終わっているように見えるか？　寝惚けてるなら、帰って寝ろ」

お疲れさんーと榛名が去った方へ声をかけた飯田が、執務室へ入ってくる。

突き放した声に堪《こた》えた様子を見せないのは、いつものことだ。片手に持った買い物袋を扉近くの応接用のテーブルの上に置き、ソファに腰を下ろした。

「成瀬先輩、櫻井君捕まえて、もう帰る準備してましたよ？」

「ああ、知ってる」

「今日はこの後、来客の予定も外出の予定も無いって聞きましたけど」

「仕事なら、山のようにあるな。暇なら手伝え」

木佐を誘い出すため遠回しに問いを重ねていた飯田は、途端《とたん》にうっと声を詰まらせる。

「……頭使うの苦手なの、知ってるでしょう」

「最近の捜査一課は、脳みそが筋肉になっている奴を引き抜くのか。被疑者は悲惨だな。今度から、弁護の時は考慮に入れておこう」

すらすらと出てくる言葉は、自分の感情を隠すための鎧《よろい》だ。ことさら冷たく当たっている自覚はあるが、そんな木佐に、飯田は絶対に不快な顔を見せない。

「ちぇー、仕事早く終わったの久々なんですよ。飯くらい付き合って下さいよ」

まるで子供のような拗ねた言いざまに、「知るか」と言い放つ。

「男二人で飯。何が楽しい」

「少なくとも、俺は楽しいです」

きっぱりと言い切られ、どきりとする。だが顔には出さないまま黙殺し、ごまかすように手にした資料へ目を向けた。ふと、そこに書かれた名に視線が留まる。

今、何かがひっかかった。飯田の存在を意識の端に追いやり、記憶の底を浚《さら》うことに集中する。

「先輩？」

考えに没頭し始めた木佐に、飯田が窺《うかが》うようにそっと声をかけてくる。その声を聞き流し椅子から立ち上がると、壁際に並べた本棚に歩み寄った。

確か、以前見た覚えがある。よくある漢字なのに珍しい読み方をすると、印象に残っていたのだ。そう古い記憶ではないと、ざっと棚の中に視線を走らせる。

きちんと整頓されたファイルの束から、幾つかあたりをつけたものを引き抜いていく。過去の案件で使用した書類や資料がまとめて収められているため、一冊でも結構な厚さと重みだ。重量のあるそれを左腕で抱え、更に次を探し始めた。

「先輩、まだ探すならそれ貸して」

すっと、背後から影が差す。そのままごく自然な動作で、左腕に抱えたファイルを取り上げられた。じろりと睨めば、飯田が素知らぬ顔で肩を竦める。

「頭は使えませんが、力仕事なら手伝えます」

得意げに、先程木佐が言った言葉を引き合いに出す。取られたものを奪い返そうかとも思ったが、気にしていることを悟られたくはなくて、逆に手に持っていたファイルも追加して載せた。

飯田は、自分の見ている範囲で木佐が左腕に負担をかけることを、絶対に許さない。

木佐が意識しないままやっていたとしても、口には出さず、こうして理由をつけては横から手を差し伸べる。

それは、恐らく優しさなのだろう。だが、木佐にとっては残酷な優しさだった。

「ちょっと、先輩？　あんた飯食ってますか」

最後のファイルを手に取ると、背後に立っていた飯田が剣呑《けんのん》な声を上げる。

突然何を言い出すのか。呆れながら振り返れば、目の前の景色が揺れた。

「……――っ」

棚の上段を見るために、ずっと上を向いていたからだろうか。ぐらりと揺れた視界に、持っていたファイルを取り落としてしまう。

ばさり、という音と、背中が温かく力強いものに受け止められる感触。一瞬何が起きたのか理解出来ないまま、木佐は固く目を閉じて不安定な目眩《めまい》をやり過ごした。

「先輩、大丈夫ですか？」

心配そうな声にゆっくりと目を開けば、ダークグレーのスーツに包まれた腕が視界に飛び込んでくる。そこでようやく、自分が背後から飯田に腰を抱き寄せられるようにして支えられていることに気づき、喘ぐような声が喉奥から漏れた。

「あ……」

少しだけ汗の混じった匂いと、背中に感じる体温と鼓動。それら全てに、思考が停止し頭の中が真っ白になった。自分の意志に拘《かか》わらず、鼓動が勝手に跳ね上がる。離れなければ。そう思うのに、身体は凍《こお》りついたように動かない。

「つと、ああやっぱり」

納得したような呟きとともに、腰に回った腕にぎゅっと力がこもる。ウエストの細さを確かめているのだろう感触に、他意はないと判っていても、自然と身体が強張ってしまう。慌てて距離を取ろうと肘で飯田の身体を押しやれば、腕はあっさりと離れていった。

狼狽《うろた》えた表情を隠すように足下に落ちたファイルを拾えば、頭上から「全く」と溜息混じりの声が聞こえてくる。

「体重落ちてるでしょう。なんか、さっきから細くなったと思ってたんですよ」

「お前には関係ない」

動揺を悟られぬよう、声を抑える。実際、先週までほぼ日帰りの遠出が多く不規則な生活が続いていたため体重は落ちていた。そんな木佐に、飯田がありますよと大げさに言う。

「先輩、放っておくとすぐ平気な顔で無理するでしょうが……って、まあ俺もこの間人に言われたばっかりなんですがね」

「……――」

決まり悪げに苦笑しながら、最後に添えられた一言。

頭から冷水をかけられたように、先程までの動揺が冷め、自分の顔からすっと表情がなくなっていくのが判った。それを言った人物が誰か、見当がついたからだ。

(婚約者か)

今更だろうと、飯田の行動にわずかでも冷静さを失った自分に嘆息する。

忘れていたわけではないが、あえて記憶の隅に押しやっていた。だが、こうして話していれば言葉の端々にその存在が見え隠れする。

今現在、飯田にはれっきとした婚約者がいるのだ。

本人から聞いたわけではない。一ヶ月程前、仕事で赴いた所轄署で飯田の同僚の刑事と話す機会があり、そんな話が出たのだ。職場の人間に紹介しているのなら、既に結婚も決まっているのだろう。

木佐は聞いていないが、成瀬は知っているのかもしれない。そう思いながらも、成瀬にすら確かめられないまま今に至っている。

「お前と一緒にするな」

すっと背筋を伸ばし、飯田の腕に抱えられたファイルに手をかける。勢いのまま持ち上げようとするが、思った以上に左手に力が入らず、するりと掌《てのひら》からすり抜けた。

「……っ」

しまった、と思った時には既に遅い。

中途半端に持ち上げようとしたファイルは、全て飯田の腕から離れ床に滑り落ちた。

「ちょ、先輩っ」

驚いたような飯田の声には構わず、床に膝をつき、落ちたファイルを拾い集める。

問題ないと態度で示すため、あえて力の入りにくい左腕で抱えた。身体で支え、腕に置くようにすればそれらは問題なく収まっていく。

体力が落ちると、手先だけで重い物を持つことが辛くなる。ただ、それだけだ。

思わぬ失態に心の中で悪態をつきながら、腰を上げた。普段は気になることもない左腕の感覚の鈍さが、こんな時ばかりは恨めしくなる。

「悪いが、今日は忙しい。用が飯だけなら帰ってくれ」

顔も見ずにそう告げる。机の上にファイルを置くと、一番上のものから無造作に手に取り広げた。目で字面を追うが、文章は全く頭に入ってこない。

立ち尽くしている気配に、早くこの場からいなくなってくれることを願いながら書類をめくっていれば、諦めたような吐息が部屋に響いた。

「判りました、今日は帰ります」

声と同時に、足音が入口の方へと向かう。微かな音とともに扉が開いた。

「あ、そこの。ちゃんと食って下さいね」

扉が閉まる音に紛れて耳に届いた、普段通りの何気ない声。はっと顔を上げて耳を澄ませば、沈黙が落ちた部屋の向こうで、飯田が事務所を後にする音が聞こえてきた。

ぎこちなく視線を動かせば、応接用のテーブルの上に白いビニール袋が置かれている。

そういえば、飯田は何かを持ってきていた。そのことにようやく気づき、木佐はファイルを机の上に戻した。立ち上がり、テーブルへと近づく。

「……っ」

がさり、と。ビニール袋の中を覗けば、見知ったパッケージのデリが収められていた。一番上のものを取り出し、蓋を外す。

中は、胃に優しそうなスープだった。細かく刻んだ野菜と鶏肉、表面に散らされた白葱と生姜《しょうが》。ふわりと広がった和風だしの優しい香りが、食欲を思い出させてくれる。

テイクアウトの割に味が良いと評判の、木佐も気に入っている店のものだ。味も種類もバリエーションが多く、いつ、どんな気分の時に行っても、選ぶのにあまり苦労せず重宝している。事務所からは若干遠いため、普段あまり買うことはないが、仕事で近くを訪れた時にはよく買って帰っている。

以前、飯田が来た時にも、残業しながら食べていたことがある。それを見て以来、時折差し入れだと言って買ってくることがあった。

袋の中の分量は、きっちり一人分。

飯田は、木佐が二人で食事に行くのに頷かないことなど、判っていたのだろう。

「馬鹿が……――」

ぽつりと呟いた言葉は、どこまでも細く頼りなく。静寂に満ちた部屋に、微かに響いた。

飯田との出会いは、高校時代に遡《さかのぼ》る。

一学年下であった飯田は、当時剣道部のホープであり入学当初から木佐はその名を耳にしていた。

といっても、飯田自身が有名だったわけではない。クラスの友人が剣道部の主将だったこと、そして木佐が合気道部に所属しており道場が近かったことが理由だ。

飯田は中学の頃から全国大会に行く程の腕を持っていたらしく、友人が勧誘に躍起《やっき》になっているのを見ていたため、なんとなく顔は覚えていた。

それが顔見知りとなったのは、成瀬とともに屋上で授業をさぼっていた時のことだ。

「あれ？」

突如聞こえた声に顔を上げれば、校内から屋上へと出る扉の前で、飯田が驚いたような表情で立ち尽くしていた。

外見だけなら、一つ年上の木佐達とそう変わらない。だが、まだ着慣れていない制服のブレザーが妙に浮いている姿は、まさに新入生のものだった。

転落防止のために張り巡らされたフェンスに背を預けて座り、見るともなしに参考書を眺めていた木佐は、こちらを凝視したまま硬直したように動かない飯田に小さく首を傾けた。

まず最初に目についたのが、曇りのない真っ黒な瞳。驚きに彩られたそれは、大柄な体躯と短く整えられた黒髪も相俟《あいま》って、木佐に黒い大型犬を連想させた。

「……ん？　なんだ、珍しいな。一年か」

隣で教科書を顔に載せ昼寝を決め込んでいた成瀬が、唸り声ともつかない声を上げる。人の気配で目が覚めたのだろう、教科書をどけると身体を起こし座り込む。

「え？」

何を言われたのか理解出来なかったという顔で、飯田が成瀬を見る。

「授業中だろう？　君もサボり？」

暗に同じ目的かと問えば、飯田ははっとしたように木佐の方を向き、徐々に視線を下へ向けた。

「いえ、俺は」

「いつまでそこで突っ立ってる。ドア、締めるならさっさと締めろ」

面倒臭そうな成瀬の声。飯田が慌てて、たった今自分が出てきた扉を閉める。幾ら人気のない場所とはいえ、誰かに見つかれば厄介だった。

言いたいことだけ言い、再び寝る体勢に入った成瀬は放っておき、木佐が「座れば？」と促す。

言われるがまま、木佐から少し距離を取った場所に飯田が座る。大きな身体を小さくし、押し黙ったまま俯《うつむ》き加減で座ったその姿に、悪いとは思いつつも小さく噴き出した。

「……な、なんですか」

「わ、悪い。いや、そうやっていると説教されてる子供みたいで」

くっくっと収まらない笑いを堪《こら》えつつ言えば、気が抜けたような表情で飯田が呟いた。

「木佐先輩は、なんでこんなところで」

「あれ？ 僕の名前知ってるんだ」

「いえあの、俺一年の……」

「一年五組。剣道部の飯田正宗君」

「えっ!?」

狼狽えた様子に収まりかけた笑いが再びこみ上げ、種明かしをする。

「部長の野木《のぎ》と、クラス一緒だから。君が入学してきた頃に、武勇伝を聞かせて貰った。剣道、強いんだろ？」

随分期待されていたよ、とからかうように言う。だが飯田は、満更ではない様子を見せるでも、照れた様子を見せるでもなく、真面目な顔で「いえ」と答えた。

「俺の腕では、まだまだです。家が道場で小さい頃からやっていた分、人より多少経験は長いですが」

今までの狼狽《ろうばい》が嘘のような、きっぱりとした声。反応としては予想外だったが、真剣に剣道に取り組んでいるのだということが伝わり、木佐はふっと柔らかく微笑んだ。

「そう。まあ、結果が出ているなら、それだけの実力はあるってことだろうね。で？　どうして僕のことを知っていたのかな？　野木に聞いたって風じゃないし」

「いえ——あの」

言い淀んだ飯田は、促すでも止めるでもない木佐の沈黙に、観念したように口を開いた。

「剣道部の道場と、合気道部が使う道場、近いですよね。たまに休憩中見かけることがあって、それでその……」

恐らく、部活中の木佐を見たのだろう。そう思い頷こうとしたが、続く飯田の言葉に遮られた。

「先輩に、一目惚れしました！」

「は？」

「——ぶはっ」

切羽詰《せっぱつ》まった飯田の声と、茫然とした木佐の声。それに、堪え切れないように噴き出した成瀬の声が重なる。

「……——」

「ええと？　僕は、今告白されたのかな？」

凍りついたように動かなくなった飯田の顔を覗き込むようにして、ひらひらと手を振ってみる。すると、はっと我に返った飯田の顔が、物凄い勢いで真っ赤に染まっていった。

「ち、違います！　いえ、違いませんがあの……っ!!」

見るからに武道をやっているという雰囲気を持つ男子高校生のそんな様子は、さすがに可愛らしいという形容は使えないが、面白くはある。

新しいおもちゃを見つけたような顔をして、起き上がった成瀬が木佐の耳元で囁いた。

「なんだこいつ、面白いぞ」

「成瀬、お前ねぇ。あーっと、で、飯田君？」

何が違うのかと問おうとすれば、狼狽の中に困惑を混ぜたような表情で飯田が木佐と成瀬を交互に見つめていた。

「ん？」

「い、いえ、すみません」

だがすぐに顔を伏せた飯田は、気を静めるように小さく深呼吸をした。

「前に、木佐先輩が練習しているところに通りかかって。俺、ずっと剣道以外興味がなくて見たことなかったんですが――凄く自然に、最小限の動きで相手の力を利用して投げる先輩の姿を見て、すげえ綺麗だって思ったたん、です」

決して、激しい攻撃をしない合気道だからこその、動きの流麗さ。けれどどこにも隙がなく、ぴんと研ぎ澄まされた空気が伝わってくるようで。

訥々《とつとつ》と語られるそれに、勢いで告げられた告白のような言葉とは別の意味で恥ずかしくなり、木佐はもう良いからと掌を向けて制した。

実際、色白な上にさほど筋肉のつかない体質の木佐は、身長はそれなりにあるものの華奢《きゃしゃ》な部類に入る。頼りなげな雰囲気がないのは、偏《ひとえ》に本人の性格と表情によるものであり、練習中などに気を静めれば傍目には繊細に見えることは判っていた。

そのためだろう、自分より大柄な人間を投げる姿に賞賛を受けることは多々あり、その度に木佐は聞き流してきたのだ。

本来、小よく大を制する、が基本の合気道だ。

けれど飯田のそれは、そんな表面的な部分について語ったのではない。

恐らくこの後輩が見たのは——本質だ。

「——これは、なんの羞恥プレイ」

「犬だろ、犬」

ぼそぼそと呟いた二人に、飯田は言いにくそうな様子で「あの」と言葉を挟んだ。

「木佐先輩と、あの……」

「成瀬だ」

「成瀬先輩は、仲が良いんですか？」

唐突な質問に、成瀬と木佐が互いに顔を見合わせ肩を竦める。

「まあ、さぼりたい時だけは気が合うし？　クラスも違うのに、よく会うね」

「俺と木佐ねぇ。サボり仲間か？」

特に接点もないが、さぼりたくなって屋上に行くとお互いがいる。一年の頃からそんな調子で、二人は時折顔を合わせていた。

ともに弁護士や検事を多く排出している家だと知ったのは、雑談に法律関連の話題が出てきた時だった。互いに、一般的な男子高校生よりはそういった方面に詳しい自覚はあり、そこから少しだけ家の話が出たのだ。

将来法曹界《ほうそうかい》に進むことを、当然のように期待され。そのこと自体を嫌がることはなかったが、同時に明確すぎる目標に息が詰まりそうになることもあった。

だからだろうか。ほんのわずかな自由を求めるように、生活態度に『緩み』を作る。そんなところが二人とも似ていたのだ。

あえて反抗したいわけではない。問題を起こせば咎《とが》められ、そちらの方が面倒なことは知っていた。

基本的には問題のない生徒であり続け、適度に力を抜く。それが一番楽だった。示し合わせるわけでもなく、ただ偶然屋上で会い。互いに関知もせず、話したい時に話す。変な同族意識を持つこともなく、かといって突き放すわけでもない気楽な存在。

木佐にとっての成瀬とは、そんな存在だった。

「……そうですか」

ぽつりと呟かれた声に飯田を見れば、なぜか肩を落として項垂《うなだ》れている。そのまま、ちらりと窺うように視線を向けてくる姿は、先程の成瀬の言葉ではないが、垂れた耳や尻尾が見えてきそうだ。

今までの流れの中に、この後輩を落ち込ませるような何かがあっただろうか。

飯田の瞳にある残念そうな色合いに、木佐は内心で首を捻った。特に変わった話もしていなかったはずだが。会話を思い返しつつ眉を寄せれば、成瀬が、面白そうにくっと笑いを漏らした。

「何、成瀬」

「いや？　おい、飯田。お前なんだってこんなところに来た？」

成瀬の言葉に、木佐も頷く。印象だけで決めていると判っているが、この真面目そうな後輩が、一年の頃から授業をさぼるタイプには見えなかったのだ。

「授業が自習になったので、保健室に湿布を貰いに行った、帰りで」

教室へ戻るために上《のぼ》っていた階段が、丁度屋上に続くものだったらしい。自習中の課題も終わらせ、急ぐこともないかとここまできてみたのだと、やや決まり悪げに告げた。

「湿布？　怪我したのか？」

木佐の言葉に、飯田ははっとしたように目を見開き、明らかにごまかすような素振りで目を逸《そ》らした。

「ええ、部活中にちょっと」

「……ふうん？」

上から下へ、飯田の身体に視線を走らせた木佐が、音もなくすっと腕を上げる。

「っ痛！」

この辺かな？　と、背中の真ん中を掌で軽く叩く。衝撃に思わず声を漏らした飯田が、片手で口を塞いだ。

「鬼だな、木佐」

「うるさいよ。だから、さっきから背中丸めてたのか」

呆れたように言う成瀬を横目で睨み、飯田にそう告げる。

「部活中なぁ。また器用な場所を怪我したもんだ」

恐らく木佐と同じ想像をしているだろう成瀬が、面白そうに笑いながら揚げ足を取る。

「わざわざ胴の反対側をねぇ。転んで階段から落ちたって方が、説得力はあったかな」

部活中で、なおかつ飯田のこの様子では、誰かにやられたのであろうことは明白だ。そして、それは多分同学年の人間ではない。

(普通に立っていても、無駄に迫力があるからな。このタッパに体格じゃあ)

その割に性格が素直そうだというのは、先程の様子から判ったが、高校一年になりたての同級生の中に、この男に向かっていけるだけの度胸を持った者がいるとも思えない。

「別に、なんでもありません」

けれど飯田は、頑《かたく》なにそう告げた。

「……──」

ふ、と。

違和感のようなものが、胸にひっかかる。目の前で開いていた扉を、鼻先で閉められた。そんな気分だった。

「ま、別に俺達に言う必要なんざないが、大事になる前にどうにかしとけ」

さらりと告げられた成瀬の言葉に、はっとする。

(そうだ、こいつが俺達に……俺に、何かを言う必要なんかない)

そもそも、たった今、初めて顔を合わせたばかりなのだ。知り合いともいえない人間に、身の回りのトラブルを話すわけがないだろう。

そう思いながら、胸の奥につかえたものを流す。そして、どこか物言いたげな表情でこちらを見ていた飯田に「そうだね」と頷いてみせた。

「まがりなりにもスポーツをやるなら、怪我も健康管理のうち。原因はともかく、その後の対応は君次第だよ。トラブルになりそうなら、誰かに相談する方が良い」

「先輩──いえ、そうですね。ありがとうございます」

言いながら、飯田がぺこりと頭を下げるのと同時に、授業終了のチャイムが響く。

「お、終わったな」

腰を上げた成瀬に続けば、立ち上がった飯田が「あの！」と慌てたように木佐の腕を掴んできた。なにかしらの意志が込められたような力強さに、驚いて足を止める。

「また、ここに来ても良いですか？」

「……別に。来たい時に来れば」

真剣な声に気圧《けお》され、頷く。すると、飯田の表情がぱっと一瞬で明るくなった。

「はい！　ありがとうございます！」

嬉しそうに笑い、怪我をしているとは思えない程元気そうな足取りで、ばたばたと屋上を去っていく。そんな飯田の背を、茫然と見送った。

「犬だな」

再びぼそりと呟いた成瀬に、沈黙で肯定を返す。意識的に流した胸のつかえは、最後の飯田の笑顔によって跡形もなく消えてしまっている。そのことに自身でも気づかぬまま、木佐は楽しげに頬を緩めていた。


飯田のことを改めて意識したのがいつだったかなど、もう覚えていない。

ただ、決定的なきっかけとなったのは、最初の出会いから月日が過ぎ、木佐が高校三年となった春のことだった。

「正宗。お前中学辺りの数学から、やり直した方がいいんじゃないか?」

思わず真面目に告げた木佐に、正面に座る飯田がしょんぼりと俯いた。放課後、人気のなくなった三年の教室は昼間とはうって変わって静寂に満ちている。木佐の机を挟み向かい合って座った二人は、間に高校二年の数学の教科書を置いていた。

木佐と成瀬に懐き、よく屋上に顔を見せるようになった飯田は、一年経った頃には三人でいることにすっかり馴染んでいた。

上級生の教室を躊躇《ためら》いもなく訪れる下級生の姿に、最初は周囲も不思議そうな目を向けていた。だが今では、それが当然のごとく受け入れられている。

「それ、言わないで下さい。今日数学の先生にも言われました……」

「事実だな。大体、どうして俺が教師に泣きつかれなきゃならない」

「俺が、先輩達と仲良しなのはみんな知っていますから。それに、あの先生運良く合気道部の顧問もやっていますし」

「運悪く、だよ。——出来たか?　ああ、違ってるな。どこが違うか自分で探せ」

「ええっ!?　先輩、それ教えてるっていうより見てるだけ……」

「なんだ?」

にっこりと笑んでみせれば、なんでもありませんと飯田が肩をすぼめる。

合気道部の顧問であり、二年の数学担当でもある教師から、飯田に数学を教えてくれと頼まれたのは昨日のことだ。飯田が三年の二人に懐いていることは教師の間でも認識されていたらしく、話のついでに丁度良いからと持ちかけられた。

前回の定期テストの結果が散々だったらしい。剣道部の顧問から、次回のテストで目標点数をとらなければ、試合への出場は見合わせると言い渡されたのだという。

文武両道の構えを見せる剣道部顧問は、日頃の練習プラス実力、そしてある程度の成績を保っておかなければ、試合に出さないという方針だそうだ。

個人の能力もあるため、そう高い点数を求めるわけではない。だが、明らかに勉強が疎《おろそ》かになっていると思われる人間には、実力があっても厳しいのだと聞いた。

「全く、お前この点数じゃ言われたって仕方がない。好き嫌いが顕著《けんちょ》だよ」

木佐に言われ、試験問題と解答用紙を持ってきた飯田は、うっと声を詰まらせる。

飯田は、決して頭が悪いわけではない。ただ教科や出題箇所によって、ムラが激しいのだ。

「あー、ここですか？　先輩」

間違った部分をシャーペンの先で指した飯田に、手元を覗き込む。

「そこに、これじゃなくて、こっちの公式を使ってみな」

「これですか……ああ、もしかして」

思いついたようにさらさらとシャーペンを走らせ始めた飯田から目を離し、窓の外へと視線を移す。窓の向こうには、夕暮れにオレンジ色に染められた空が広がっている。

『あいつもなぁ、なんでか妙な誤解もされているようでな』

教師の、渋い声が耳元に蘇る。勉強なら、教師か同じ学年の人間に教わった方が判りやすいだろう。そう言った木佐に、やや複雑そうな顔で零した。

嫌われていたり、浮いていたりするわけではない。ただ愛想が良い方でもなく、実年齢よりも落ち着いた雰囲気を持つためか、どことなく遠巻きにされているような気配があるのだという。怖そうだ、という印象が先に立ってしまっているのだろう、と。

それを聞いて驚いた木佐に、教師は「年上のお前達といる方が、気楽なんだろう」と苦笑した。木佐達の前で飯田は、初対面の時から年齢に見合った素直さを見せている。確かに馬鹿騒ぎはしないし、頑固な面もある。だが愛想が良くないと思ったことはないし、落ち着いているのは剣道に対してだけだ。

自分達といることで、逆に同学年の人間と仲良くなる機会を失っているのだろうか。そう危惧《きぐ》する一方で、揉めている様子もなく、飯田自身がそれで良いと思っているなら余計なお世話だろうとも思う。

(俺達のところに来るなっていうのも……違うだろうし)

それにもし、飯田が木佐達の前で素の自分を見せているのだとすれば。それはそれで、くすぐったいような嬉しいような気もするのだ。

(孤立するようなら考えものだが)

全く、と軽く溜息をつけば、不意に髪に何かが触れる気配がした。

「先輩?」

視線を戻したそこには、心配そうな飯田の顔があった。木佐へと伸ばされた指先が、さらりと頬を掠《かす》めた。その柔らかな温かさに、自分でも驚く程、胸がどきりと高鳴る。

「大丈夫ですか? もしかして、どっか体調悪いですか」

目元にかかる髪が掻き上げられ、額にがっしりとした大きな掌が当てられた。温かい人肌に目を見開き、声を失う。

「熱はなさそうですけど……すみません、俺のせいで放課後残して」

「お、前……ね」

そっと離れた掌に、額が急速に冷えた心地がする。不可思議なその感情に自分自身戸惑いながら、ふっと息をついた。

「考え事してただけだ。いきなり驚かせるな」

「あ、そうなんですか? すみません」

へらりと笑顔を浮かべた飯田に、全くと苦笑する。

「先輩、先生に何か聞いたでしょう」

「……っ」

思わず、ぐっと言葉を詰まらせる。顔にも出てしまったのだろう、飯田がにやりと笑った。口端を上げた顔は、してやったりと言わんばかりだ。

（しまった、油断した）

飯田の、こういうところには敵《かな》わない。その雰囲気からか、一旦油断させた後で痛い所を突いてくる。普段ならば木佐もそんな手にひっかかりはしないのだが、気を許している相手であれば話は別だった。

（……――）

気を、許しているのか。

否定したいわけではない。ただ、自分の中でこの後輩の存在がそれ程当然になっているのだと思えば、不思議な心持ちがしたのだ。いつの間にか、すんなりと懐《ふところ》に入られていた。そんな表現が、最も近いかもしれない。

「何言ったかは聞きませんけど、気にしなくていいですからね」

「お前に友達が少なくて寂しいって話なら、気にしてないぞ」

「……別に。俺、友達百人作る気ありませんし」

拗ねたような口調に、自然と笑いが漏れる。だが小さな笑い声は、教室の入口がカラリと開く音に掻き消された。

「あ、あの……飯田？」

入口を見れば、か細い声で飯田を呼ぶ男子生徒が立っていた。声に見合って体つきも小さく、細い。道着に袴《はかま》を身につけた男子生徒は、木佐も見覚えがある剣道部の部員だった。

「ああ、どうした？」

木佐にちょっとすみません、と言い残し飯田が席を立つ。入口へと向かった飯田の背をなんとなく眺めながら、頬杖をついた。

窓から入る柔らかい風に、ふわりとカーテンが揺れる。一瞬それに気を取られ、そして視線を飯田達へと戻した時、木佐は言いようのない苛立ちに襲われた。

「ああ、……――いや、大丈夫か？　……――」

特に声を抑えているわけでもないため、会話が微かに漏れ聞こえる。そこに混じる気遣うような言葉と、心配そうな表情。相手の男子生徒の、ありがとうという笑顔。

（なんだ、俺達だけじゃないじゃないか……）

毒づいたのは、誰に対してか。

自分達以外にも、飯田にはあんな表情を向けられる友人がちゃんといる。その事実に、安堵《あんど》を覚えるより先にショックを受けてしまった。先程までの、飯田が孤立していないだろうかという心配は、一体どこに行ってしまったのか。

（馬鹿か、俺は）

教師の言葉を真に受けてしまったが、よく考えれば、教師だって生徒の行動を全て見ているわけではない。数人仲の良い人間がいても、その他大勢が遠巻きにしている雰囲気があれば、そちらがより強く印象として残るだけのことだ。

普通に学生生活を送っていれば、よほどの付き合いにくさやトラブルがない限り、友人の一人や二人は自然と出来るものだ。とっつきにくさはあるかもしれないが、実際に話せば違うことなどすぐに判るだろう。

あの飯田の様子から見ても、木佐の心配など本当に余計なお世話だったのだ。

その上、あの男子生徒は剣道部内で心配の種を抱えている。偶然だったが、木佐はそれを知っていた。飯田が、それについて気遣っているのだろうことも、予測がついた。性格を考えれば当然のことだ。

けれど、それでも。自分の中のどこかに、澱《おり》のような感情が積もっていくのを止められない。

これでは、まるで――独占欲を丸出しにした恋人のようではないか。

「……――っ」

自分の思考に愕然《がくぜん》とする。まさか。即座に否定し、再び二人の様子を窺う。

飯田が何かを告げ、男子生徒が驚いたように目を見開く。続けて、二人で笑い合う姿。端から見ればなんの変哲もないその光景に、焦燥と苛立ち、そして疎外感が混ざり合ったような複雑な感情がこみ上げる。

咄嗟《とっさ》に浮かんだのは、あそこに割って入りたいという衝動。

まるで子供が、それは自分のものだと主張する時のような。なんの根拠もなく、寛容さの欠片もない身勝手な感情に、木佐自身戸惑ってしまう。

これまで幾ら仲の良い友人であっても、相手の交友関係を気にしたことなどなかった。自分にとっての相手が多数の中の一人であるように、相手にとっての自分もまた多数の中の一人であるのは当然のことだからだ。

それなのに、飯田相手ではなぜかそれが当然だと思えない。自分が知っている場所以外で気安い表情を見つけてしまえば、胸が騒ぐ。

嫉妬。至極単純で、気づきたくなかった言葉が脳裏に浮かぶ。

(俺が、飯田を……?)

好きなのか、と胸の裡《うち》で呟いた途端、激しい羞恥と困惑に襲われる。二人から顔を背けると、表情を隠すように掌の中に顔を伏せた。

男相手に何を、という疑問は歯止めにはならない。自分が性別に拘《こだわ》らない——むしろ女性よりも男性に惹かれやすい性質であることを、木佐は高校に入る頃にはもう自覚していた。

通常異性に対して持つであろう恋愛感情という意味で、同性に対して好意を持てる。

それに対し、全く悩まなかったといえば嘘になる。割り切りは早い方だが、すんなり認められるようなことでもない。ただ、弁護士をしている身内から、依頼人の中にはそういった人間もいるという話を聞く機会があり、比較的早く自分の中で折り合いをつけることは出来た。自分だけではないのだと知る機会が身近にあった分、恵まれていたのだろう。

（だからといって、あいつ相手にどうするって？）

自分が良くても、相手が良くなければ恋愛など成り立たない。飯田は、あくまでも仲の良い友人として自分や成瀬の側にいるだけだ。中学生の頃は彼女もいたと言っていたし、話を聞く限り性癖は至ってノーマル。以前、木佐に彼女はいないのか、などと話を振ってきたくらいだ。木佐が男相手でも付き合えるなど、思ってもいないだろう。

それに、もしそんなことが知られたら。あからさまに態度に出すことはしそうにないが、気まずくなるのは目に見えていた。結果、友人関係すら自然消滅というパターンが瞬時に頭の中でシミュレートされる。

（まあ、それが一番ありそうだな）

自嘲しながら、気づくと同時に諦めろと自身に言い聞かせる。深く息をつき、ざわめいた感情を無理矢理抑えつけた。せめて、今の友人関係だけは壊したくない。それがストッパーになるのなら、互いにとって一番良いはずだ。

そう結論を出したところで、顔を上げる。男子生徒がこちらに気づき、はにかみながら小さく会釈するのが視界に入った。軽く頷いて返せば、飯田が男子生徒と別れ席へと戻ってくる。

「先輩？」

再び椅子に腰を下ろした飯田が、無意識のうちに溜息を零した木佐の顔を、どうしたんですかと覗き込んでくる。

「いや。部活で何かあったか？」

わけもなく気まずくなり、視線を落とす。飯田に対する気持ちを自覚したせいか、動揺が収まらない。

「今日は監督の都合で稽古が早く終わるから、部活は休みにしろって主将からの伝言が」

どうやら、彼はメッセンジャーだったらしい。休憩がてらによこされたのだろう。

「そうか。あの子、今日は元気そうだったな」

「え？」

男子生徒が去った方向を、頬杖をついて眺める。と同時に、飯田が驚いたようにこちらへ上半身を乗り出してきた。

「知ってるんですか？」

気圧されるように、後ろにのけぞる。その分ずいっと前に出てきた飯田に、会ったから、と自分でも間抜けだと思う答えを返していた。

「だいぶ前、部活帰りに剣道場の近くで古林《こばやし》に絡まれてたから、用がある振りして野木のところまで連れて行ったんだよ。その時に」

「ああ」

納得したように椅子へと腰を戻した飯田が、「あの時か」と小声で言う。

「前に綺麗な先輩に助けて貰った、って言っていたことがありました、そういえば。凄く優しそうな人だったって、嬉しそうに言っていましたよ」

「ふうん」

優しそうはともかく、綺麗は男にとってはあまり褒め言葉でもないだろう。そう思いつつふと見れば、飯田が難問にあたった時のような顔で黙り込んでいた。何か、まずいことでもあったのだろうか。

「どうした」

「なんかこう、隠していたお気に入りのものが人に見つかった時の気分というか……いやまあ綺麗なのは……」

「なんだ、それ？」

意味が判らず呆れた声を出せば、いえ、と飯田が気まずげに視線を逸らした。

お気に入りのもの、というのは、あの男子生徒のことだろうか。大人しそうで可愛い印象だったから、庇護欲をそそられるというのは判る気がする。

それに、飯田に対し臆する様子もなかったから、多分気軽に話せる相手なのだろう。

（だから、っていうのもあるのか……）

「部活、相変わらずか」

思いついたことを確かめるように、飯田が触れて欲しくないと思っているであろう問題を口に出す。再び課題に取り組み始めた飯田は、ちらりと視線を上げ、すぐに戻した。

「そっちは、ぼちぼちと。まあ、悪くはないです」

肩を竦める様子に、気負った雰囲気はない。もし状況が深刻であれば、友人経由で話が伝わってくる。だから、恐らく本当にそう悪くはないのだろう。

出会った時に飯田が負っていた怪我は、木佐の推測通り、上級生――木佐と同学年の古林という生徒の仕業だったらしい。

原因は、練習試合で飯田に完敗した、ただそれだけのことだったという。その後公式戦でも古林の代わりに飯田が出場するようになり、逆恨みして飯田を非難していたらしい。練習中にわざと道着で隠れる場所を竹刀で殴るなど、やり方は姑息《こそく》なようだった。

飯田と同じく鳴り物入りで入部した古林は、それを鼻にかけていたのだという。実力以上にプライドが高く、部内でも上級生や同学年からは、あまりいい顔をされていなかった。そのため、下級生を味方につけ飯田を貶《けな》す言動を繰り返していたそうだ。

愚かな人間はどこにでもいるものだ、と。聞いた時には呆れ果ててしまった。

自身への評価の低さの責任を、他人へと擦りつける。そんな人間は案外多い。だが現実を認められないままで、進歩などあるはずもない。

現に、監督の指導もあまり受け入れようとしない古林は、徐々に飯田以外の下級生にも試合で負けるようになっていった。それが、飯田への嫌がらせを加速させているらしい。

幸い飯田自身が受け流し自衛していたことと、見かねた上級生達がそれとなく止めるようになったことで、深刻な事態にまではなっていないようだったが。

(けど、結局、俺達には何も言わないんだよな)

今も続いているであろう嫌がらせに、どれだけ痣《あざ》を作ろうと、飯田は木佐達に愚痴すら零さなかった。こちらから聞いても大丈夫と言うだけで、怪我をしたことすら黙っている。木佐がおおよその経緯を知っているのは、剣道部の友人から聞き出したからだ。

そして恐らく、飯田が黙って嫌がらせを受けているのは、自分が標的になるためだ。

飯田が反抗し、攻撃対象がいなくなれば、自然とそれは弱い者へと向けられていく。先程の男子生徒は、元々身体がさほど強くなく、マネージャーを兼ねながら部活をやっているといっていた。以前古林に絡まれていたことから見ても、飯田の次に的になるのは、あの生徒だったのだろう。むしろああやって気遣っているところを見ると、飯田が的になっていても余波はいっているのかもしれない。

自分に敵意を向けさせることで、自然と相手を庇うことになる。もちろん、飯田がある程度受け流し、自衛するだけの強さを兼ね備えていたからこそ、出来ることなのだが。

（こいつらしい、と言えばらしいけど）

それが、どうにも複雑な気分だった。

どうしてだろう。目の前で問題を解く後輩を、じっと観察する。真っ直ぐに人に好意を伝える素直さと、気持ちを曲げない頑固さ。ほとんど人に頼らないのは、自分の考えを貫けるだけの強さを持っているからか。

「お前は、素直なくせに素直じゃないね」

「なんですか、それ」

シャーペンを走らせながら笑った顔に、そっと手を伸ばす。指先が真っ黒な髪に触れた途端、驚いたように飯田が顔を上げた。驚愕というのに相応しい表情。不意に、出会った時に飯田が見せた、動揺した真っ赤な顔を思い出す。ぎゅっと、心臓が掴まれたような気がした。

「俺は、そんなに頼りないか？」

するりと口から出た問いに、木佐自身が驚きに目を瞠る。

何を考えたわけでもない。けれど、それはずっと胸にわだかまっていたものだった。頼って貰えない。それは、自分が心を許されていないからではないか。

飯田が、口を噤《つぐ》みじっと木佐を見ている。

自分が何を口走ったのか。自覚すると、途端に落ち着かなくなり、言ったばかりの言葉を否定しながら立ち上がった。

「っ！　いや、なんでもない……ちょっと」

トイレに行ってくる、と席を離れようとする。だが、ぐいと机についた腕を掴まれた。

強い力に顔をしかめれば、飯田が、いつになく真剣な面持ちでこちらを見据えていた。

「違います」

きっぱりとした声音に、「もういい」と木佐が手を払おうとする。だが、それを許さず飯田がぎゅっと力を込めた。

「っ痛！　おい、馬鹿力……っ」

「頼りないんじゃない。俺は、あんたにだけは……――」

飯田が、告げようとした言葉。

けれどそれは、大きなチャイムの音に掻き消され、木佐の耳に届くことはなかった。


そして、全ての発端となる出来事。

それは木佐と成瀬の卒業を目前に控えた日に起こった事件だった。

「もうすぐ卒業ですねぇ」

三人揃って校門に向かって歩いていると、ぼやくように飯田が呟いた。

木佐達三年は、既に自由登校となっている。普段は家にいるのだが、偶然用事が重なり、木佐と成瀬が揃って学校に顔を出したのだ。そして目敏《めざと》くそれを見つけた飯田が、下校時、帰り際の二人を捕まえた。

「あと一年、せいぜいしっかり勉強しろよ」

成瀬が言うと、がっくりと飯田が肩を落とす。

「先輩達いなくなったら、つまんなくて勉強する気も起きないですよ」

「大丈夫。そしたらお前が卒業出来ないだけだよ」

お前は本当に馬鹿だから、もう一年高校生やるくらいで丁度良いかもしれないね。

ぽんぽんと慰めるように頭を叩きながら、さらりと木佐が暴言を吐く。うっと言葉を詰まらせた飯田は、反論することなく気落ちした様子を見せた。

「……今日担任に、こんな成績じゃ国立は無理だぞって脅されました」

「お前、前に成績上がったんじゃないのか？」

驚いた成瀬に、飯田がぼそぼそと期末試験の点数を告げる。

「あり得ねぇ」

「あり得ない」

綺麗に重なった成瀬と木佐の、呆れた声。それに、肩身が狭そうに飯田が身体を縮めた。

「スポーツ推薦も、一応話があるにはあるらしいです。けど俺は、自分の好きな範囲で剣道が出来れば良いから。予算的にも出来れば、普通に試験受けて国公立に進学したいんですが」

「まあその成績じゃあ、ぎりぎりだろうね。……やれやれ、折角《せっかく》教えてやったのに」

担任の言うことが正しいと、頷いてみせる。

「ようは、剣道に向ける集中力を、勉強に向ければ良いだけの話。これから一年、死に物狂いで勉強しな」

助言のつもりでそう告げてやれば、それが出来れば苦労はしませんと、飯田は一層肩を落とした。

「そもそも、苦手な教科はもうどこが判らないかも判らないんです。それこそまた、前みたいにマンツーマンで……あ」

何かを思いついたように、飯田が足を止める。

何事かと振り返れば、名案だとでも言いたげな笑みで木佐へと視線を向けてきた。

「先輩、バイトしませんか」

「お前ねぇ」

飯田の魂胆《こんたん》を悟り、目を眇めて睨みつける。だがそんな木佐の反応も予測済みだったのだろう、ぱんと掌を合わせて頭を下げた。

「お願いします！　バイト代は弾みます……！」

「どうせ払うのは、お前の親御さんだろうが」

言いながら、ぱん、と目の前にある頭を叩く。すると、「ばれました？」と悪びれない笑顔のまま飯田が顔を上げた。

「頼むなら、成瀬に頼めば？」

「断る。面倒臭え」

「成瀬先輩は、口より先に手と足が出るから嫌です」

それぞれ好き放題言いながら、再び足を進める。

「でも先輩。本当に、時間があったら考えておいて貰えますか。先輩に見て貰えたら、うちの親も泣いて喜びます。前の時も、相当感謝してましたし」

「ま、時間があったらね」

どのみちバイトは探さねばならないのだ。それに飯田相手の家庭教師ならば、楽で良い。

そんな言い訳を自身に与えながら、木佐は肩を竦めた。

一つ年下の後輩の申し出を、自分が断れないことなどとうに気づいている。

日々を重ねるうち、そこにいるのが当然となった存在。その後輩に、恋愛感情を持っていると自覚したのは、あの教室での出来事でだ。

結局チャイムに邪魔された飯田の言葉は、聞けないままとなっていた。

あの続きを聞きたいと思い、だが聞きたくないと思う自分もいる。

飯田が好意を持って自分に接しているのは、知っている。だが、木佐が飯田に対し持っている好意は、飯田のそれとは、決定的に種類の異なるものなのだ。

この後輩は、自分が向けている感情を知った時、どんな顔をするのか。あの時からずっと自分の中にある問いに対しては、いつも決まった答えしか導き出すことが出来ない。

(悪くて気味悪がられるか、良くて困らせるか)

根が善良なこの男のことだ。もしかすると、真剣な言葉を向けてくるかもしれない。けれど、それで木佐が望む返事が返ってくるとは、どうしても思えなかった。現状の友人関係をも壊しかねないという壁に阻まれ、いつもそこで終わってしまう。このまま諦め切れなかったら、いつかは、とも思う。だが飯田の顔を見てしまえば、あと少し、せめてこの場所にいたいと決心が鈍る。その繰り返しだ。

「さて、じゃあ話も決まった所で何か食って帰りましょう。俺、今日早めに飯食ったんで、腹減って」

「お前、どれだけ食えば……?」

何気なく視線を移すと、背後から早足で男子生徒が近づいてくる。鞄《かばん》を胸に抱えたような格好でこちらに向かってくる男に、木佐は目を細めた。

(古林?)

見覚えのあるその顔は、剣道部で飯田に嫌がらせをしていた古林のものだった。制服を着て学校に来ていたということは、木佐達同様、何か用事があったのかもしれない。

だがその古林の雰囲気に、木佐はすぐに眉を顰めた。

切羽詰まった視線は、真っ直ぐに飯田を捉えている。ぎらぎらとした眼光はどこか危うさを感じさせる程で、嫌な予感が全身を貫いた。

「ん？　先輩？」

どうしたんですか、という飯田の言葉は、だが木佐の耳には届かない。

「……っ」

「飯田ぁぁぁぁぁ!!」

古林が叫びながら飯田の方へ突進してきたのと、木佐が舌打ちしたのは同時だった。

「なっ！」

「木佐！」

飯田と成瀬の声が重なる。ぐい、と。何を考える間もなく、飯田の腕を掴み、次いで自分の背後に倒すように力を加える。咄嗟に倒れまいと前に踏ん張ろうとした飯田は、だが微妙な力加減で正反対の方向に力を加えられ、どさりと音を立て地面に尻餅をついた。

「先……っ！」

熱い、と。まず最初に頭を占めたのは、その一言だ。反射的に飯田に向かって右手を伸ばしたため、向かってきた古林に左側を明け渡す形になった。そしてわずかに上げた左腕に、こちらへ向けていたナイフが刺さったのだ。

「ぐ……ぁっ」

「う、あ。あぁぁぁぁ!!」

対象を誤ったことに気づいた古林は、勢いよく刺さったナイフを抜き、崩れ落ちるように尻餅をついて叫ぶ。手から離れたナイフが土の上に落ちる乾いた音が、他人事のように耳に届く。

(叫びたいのは、こっちだ……っ)

心の中で毒づきながら、傷口を押さえる。ぬるりとした生温かい感触に、急速に頭から血が下がり、がくり、と膝をついた。

柔らかな腕が、インクが零れたかのように見る間に赤く染まっていく。痛さよりも熱さよりも、その濡れた感覚にぐらりと視界が揺れた。トラブルに慣れているわけでも、痛みに慣れているわけでもない。非日常的な恐怖感が、一気に押し寄せ全てを飲み込んでいく。

「くっそ!」

「飯田、そいつ押さえとけ!　やりすぎるなよ!」

飯田の怒気を滲ませた声と、いつになく緊迫した成瀬の声。何かを殴るような鈍い音と、慌ただしく遠のいていく足音。

それら全てを遠くで聞きながら、木佐はかたかたと震える身体をおさえるように奥歯を噛みしめた。

目を覚ました時、最初に見えたのは白い天井だった。

全身を包む柔らかい感触に、自分が寝ていることを悟る。ぼうっとした頭でなぜ自分は寝ているのかと、首を傾けた。

「先輩っ！」

聞き慣れた声と、上から覗き込んで来た顔に、一気に記憶が蘇る。

「怪我は？」

何を考えるでもなく口をついて出た言葉に、飯田の顔がくしゃりと歪《ゆが》む。その目が赤いことに気づき、そっと右腕を伸ばした。指先で、軽く頬を撫でる。

「泣くな、馬鹿」

「どうして庇ったりしたんですか……っ」

伸ばした右手を、強く握りしめられる。小刻みに震えているのは、自分の手か――飯田の手か。顔を伏せ木佐の手に額を当てた飯田に、どうしてって、と苦笑した。

「別に、庇ったわけじゃない。身体が勝手に動いたんだ。悪かったな、迷惑かけて」

ちらりと見れば、腕には真っ白な包帯が巻かれている。痛み止めでも打たれているのか、今はさほど痛みもなかった。

身体を起こそうと身動げば、気づいた飯田が手を添えて背中を起こしてくれる。救急車に乗った後、病院に着く前に貧血で気を失ってしまったが、怪我自体は腕だけなので寝ている必要もないだろう。

「あれから、どうなった」

状況を問えば、飯田が頷いて答える。木佐が覚えているのは、刺された後成瀬が誰かを連れて戻って来たことと、飯田が一緒に救急車に乗り込んできたことだけだ。

「古林のことは判りませんが、成瀬先輩が先生を連れて来たので、多分学校か……警察に。少し前に先輩のお母さんがいらっしゃいましたけど、今うちの親と話しています」

どうやら、成瀬から事情を聞いた学校側が、古林と木佐、そして飯田の家に連絡をしたらしい。

「うちの親に、何か言われたか？」

「いえ……あの。災難だったわね、としか」

戸惑いを隠せない飯田の声に、母親らしいと笑う。その様子なら、おおまかな状況は聞いているのだろう。ならば、飯田やその家族を理不尽に責めることもないはずだ。責める相手を見誤らないという点に関しては、木佐は両親を信頼している。

「本当に、申し訳ありませんでした」

すっと、一歩下がった飯田が、ベッドの横に立ち深く頭を下げる。ぴんと張りつめた緊張感に胸が痛くなり、溜息をついた。

意識して庇ったわけじゃない。感謝されたかったわけでもない。——何よりも、こんな顔をさせたかったわけじゃないのに。

小さく唇を噛んだ後、そう思うなら、と続けた。

「頭を上げて、ありがとうって言っておけばいいんだよ」

「先輩……——」

でも、と続けそうになった言葉を、くどいと言うように遮った。

「間違えるなよ、正宗。謝罪すべきは、お前じゃない。それ以上言ったら、俺は本気で怒るからな」

あえて冷たくそう言い放つと、飯田は肩を落として押し黙った。だがすぐに、躊躇いながらも口を開く。

「でも、先輩……」

惑うような瞳に、ふと、脳裏にある考えが浮かぶ。

「この怪我、思ったより深かったか？」

「……——っ」

咄嗟に嘘をつくことが出来なかったのだろう。声を詰まらせた飯田の姿に、自分の予想が真実からさほど遠くないことを悟る。

「もしかしたら、傷が治っても、少し麻痺が残るかもしれないって……」

目を逸らした飯田に、もう一度「正宗」と声をかける。のろのろと視線を上げた飯田を正面から見つめれば、青ざめた顔で観念したように口を開いた。

「後遺症が残るとでも言われたか」

「……――」

刺された傷は予想より深く、運悪く神経を傷つけていたらしい。動かなくなる程のものではないが、なにかしらの症状が残る可能性が高いのだという。早々に気づかれてしまったことを悔やんでいるのだろう。ちゃんとした話を医者に聞いて下さい、と念を押す飯田の声が耳を素通りしていく。

包帯が巻かれた腕に、視線を落とす。ショックは受けていても、実感が湧かない。そんな気分だった。動かなくなるわけではないという言葉に対する安堵と、どの程度治るかが判らない不安。それらが、自分の中でせめぎ合っている。気持ちの振り幅が大きすぎてどちらに持っていって良いのか判らないまま、無事な右手で左腕をそっと撫でた。

腕に食い込んできた、固い無機質な感触が蘇る。二度と味わいたくない痛みと熱さに、ぶるりと身体が震えた。

「先輩、あの」

飯田の、再び謝罪しそうな声に、はっと我に返る。

今ここで木佐が落ち込んだ様子を見せるのは、そんなつもりがなくとも、飯田を責めるのと一緒だ。自分を戒《いまし》めるように一度唇を小さく噛み、顔を上げた。

零れた水は、二度と元には戻らない。そんな言葉を思い浮かべながら、なったものは仕方がないと強引に自分に言い聞かせる。

やらなければ良かったとは思わない。下手をすれば飯田が死んでいたのかもしれないのだから、それだけは後悔していなかった。ならば今木佐が出来ることは、意地で落胆を隠してみせることだけだ。

動揺を押し隠し、「なんだ、その情けない顔は」と呆れた声で咎めてみせる。

「別に、腕がなくなったわけでも動かなくなったわけでもないだろう。おまえが落ち込んでどうする、正宗」

気にするな、と言っても無駄だろう。どんな経緯であれ、自分を庇って他人が怪我をし、軽微とはいえ後遺症が残るかもしれないと聞いて、責任を感じないわけがない。

ならば、どうすれば良い。

(これじゃあ、好きだなんて言えっこないな)

こんな状況でそんなことを思う自分に、のんきなものだと苦笑する。

飯田に対し、貸しを作ってしまった。それは裏を返せば、木佐に対する負い目を与えてしまったということだ。

好きだと言えば、本意でなくとも飯田は受け入れてしまうかもしれない。実際に男女のような関係になれるかはやってみなければ判らないが、木佐がもう良いと言うまで恋愛ごっこに付き合うくらいのことはやりそうだった。

同情や義務感でそんなものを与えられるなど、死んでもごめんだ。もし拒絶されるにしても、飯田に必要以上の苦痛を与えてしまうのは目に見えていた。

いつか、と自分に言い訳を与えて引き延ばしたりせず、さっさと言ってしまえば良かったのだ。はっきり告げて、きっぱり振られて、そうして友人に戻るよう努力をすれば良かった。

居心地の好さから動けなかった自分の弱さを、痛感する。

言うことが出来ないのなら、この想いを消してしまうしかないだろう。側を離れ『友人』ではなく『昔の知り合い』になれば、時間が飯田の罪悪感を消してくれるかもしれない。

そうして木佐は口を閉ざすように唇を噛み、飯田への想いを再び心の奥底へと沈めた。

人が集まる場所は、たとえ騒がしくなくとも、ざわざわとした気配で落ち着かない。

都内の一流ホテルに設《もう》けられた、パーティー会場。多くの人が密やかな声で歓談する中、木佐は目立たぬよう壁際に立ち、乾杯時に配られたシャンパングラスを通りかかったスタッフへと渡した。

続けて他の飲み物を勧められ、いらないという意思表示のため左手をあげる。左腕の傷跡が微かに引き攣れるような感覚に小さく顔をしかめた。

十五年も前の傷跡が、今更痛むことはない。懸念された後遺症も予想より軽微なもので済み、リハビリによってある程度回復した。さすがになかったことにはならなかったが、それでも時折違和感を感じるのと、昔より力が入りにくくなった程度のものだ。

(嫌なことを思い出させやがって)

腕の傷に引き摺られるようにして、数日前に飯田が事務所を訪れた時のことを思い出してしまう。飯田の前で、怪我を意識させるような失態を見せたのは数年ぶりだった。そのせいか、その日の夜は思い出さなくてもいい過去まで夢に見てしまった。

木佐の身体に消えない傷跡を残し、そして飯田に罪悪感という名の鎖をつけた出来事。

高校卒業間近で起こった事件は、結局、相手側から慰謝料が支払われ、本人は少年鑑別所に送られた後、保護観察処分となり収束した。高校側からは、退学処分を受けたらしい。

古林の家は、両親ともに教職についており、厳しい家だったそうだ。得意だった剣道も高校ではぱっとせず、成績も平均より下。狙っていた大学の推薦枠も逃し、進学のことで両親とかなり揉めていたらしい。どこかで鬱憤《うっぷん》を晴らしてやろうとナイフを持ち歩き始め、そしてあの日、飯田を見つけ衝動的に標的として選んだというわけだった。

『先輩、すみません……俺のせいで……』

悲痛な声が脳裏に蘇り、苛立ちからぎゅっと眉間に皺を寄せた。

木佐は怪我が治った直後、飯田から離れるため大学を一年間休学し、語学留学と称してアメリカへと渡った。親戚がアメリカで弁護士事務所を経営しており、社会勉強という名目でバイトをしていたのだ。

だが、戻ってきた時に見たのは、一年間死に物狂いで勉強し、木佐と同じ大学、同じ学部へと入学した飯田の姿だった。

『飯田……』

あの時の衝撃は、今でも忘れられない。後に成瀬に聞いた話では、一年間、飯田は取り憑《つ》かれたように勉強していたらしい。

飯田は、あれ以降怪我のことや事件のことは絶対に口にしなかった。それでも、木佐が左腕に負荷をかけようとすると、さりげなく横から手を出してきた。どんなに突き放しても離れず、ならば好きにすればいいと諦めた。

大学にいる四年間、飯田の気の済むようにさせていれば、やがて罪悪感も薄らぐのではないか。そんな期待もあった。

だが、木佐の目論見《もくろみ》は儚い夢に終わった。そして大学卒業とともに、木佐は一度飯田と縁を切ったのだ。

五年前、再会するまでは。

ふと、自分がいる場所のことを思い出し、意図的に眉間から力を抜いた。招待されたパーティーで不快そうな表情を見せるなど、もってのほかだ。一度頭を冷やそうと、ホールの出入口へと向かった。

ホールから一歩足を踏み出せば、ゆったりとしたメロディーの音楽とともに先程までとは比べものにならない静けさに包まれ、ほっと息をつく。もちろんそこかしこにホテルのスタッフや招待客の姿はあるが、ホールに比べれば遥かに少ない。

扉近くにある受付の前を通り、ホテルのロビーへと向かう。柔らかい色合いの照明が、先程までの人混みの中で疲れた目を癒してくれた。

「やれやれ。さっさとお役目を果たして帰るかな」

溜息混じりに呟きながら、ともかく一旦休憩しようと、広々としたロビーの椅子へと腰を下ろす。柔らかく身体を受け止めた椅子に、深々と背を預ける。途端に、重い疲労が肩にのしかかってきた。

内輪での簡単な、という名目の大々的なパーティーは、元与党の政治家の誕生日を祝ってのものだ。年齢と健康不安を理由に政界からは身を引いているが、未だ各方面に多大な影響力を持っている。

木佐がここへ招待されたのは、弁護士という職業ゆえではない。単純に、身内がらみという理由だった。木佐の祖父と今回の主役である政治家が旧知の仲であり、昔から家族ぐるみで付き合いがあるのだ。

(全く、面倒ごとを押しつけてくれる)

本来ならば父親が顔を出すべき会で、木佐が来る必要はなかった。だが今回は、その父親から頼まれたのだ。

「木佐？　木佐じゃないか？」

横合いから声をかけられ、振り返る。見れば、数メートル先に背の高い男の姿があった。高級そうなスーツに身を包んだ男は、驚いた表情を浮かべてこちらへ向かってくる。その見知った顔と姿に、木佐は反射的に笑みを顔に貼りつけ、内心でこれ以上ない程の溜息をついた。今日は厄日か。そう思いつつ、座っていた椅子から、仕方がないと腰を上げる。

別段会ったからどう、というわけではない。ただ、顔を合わせて素直に喜べる相手でもないことは確かだった。

「ご無沙汰しています、神城《かみしろ》さん」

「久しぶりだな、木佐。もう何年だ？　相変わらず美人だな」

懐かしげに言う男……神城龍紀《たつき》に、木佐は苦さを隠して会釈してみせる。

「神城さんも、お変わりないようで」

「今日は仕事か？　それとも、プライベート……にしては、相手がいないようだが」

ちらりと木佐の周囲を見遣《みや》り、口端を上げる。自信に満ちあふれた態度と表情に、その楽しげな笑みはひどく似合ってはいた。だが、そこはかとなく傲慢《ごうまん》な響きが滲んでいる。

(相変わらず、こういうところは変わっていないな)

神城は、木佐が司法修習で世話になり、また現在の事務所を開く前に一年間だけ勤めた法律事務所にいた弁護士だ。三年程先輩にあたり、弁護修習の時にも教えを受けた。

不仲だったわけではない。ある意味、親しいといえば親しい間柄だっただろう。けれど、木佐がその事務所を去るきっかけとなったのも、この男だった。それは本人とて、自覚していたはずだ。

なのに今、過去のことなどなかったかのように接してくる。つまり神城にとっては、気にする程の出来事ではなかったということだ。木佐にしてみても、既に過去のことであり今更どうということもないが、それでも呆れてしまった。

「今日は、まあ仕事みたいなものです」

愛想笑いを貼りつけたまま、早々にこの場を去るために話を切り上げようとする。だが、そんな木佐を神城が押し止めた。

「そうか。ああ、少しぐらいなら時間もあるだろう? 久しぶりに会ったんだ、コーヒーでも飲んでいかないか」

「申し訳ありません、まだ用事がありますから。神城さんこそ、どなたかとお約束でもあるんじゃないですか？」

一人で来ているわけではないでしょうと、相手のところへ行くよう促せば、神城がいや、と肩を竦める。

「実は、人を待っていてな。一人で待っているのもつまらんだろう」

言いながら神城が視線を移した先は、先程まで木佐がいたパーティー会場の方向だった。参加者の中の誰かを待っていると言いたいのだろう。

「そうですか。ああ……すみません、そろそろ戻らないといけないので」

「っと、なあ木佐」

ちらりと時計を確認する振りをして会釈をし、踵を返そうとする。だが唐突に、ぐいと左肩を引かれ身体が傾いだ。振り切るだけの力が入り切らず、神城の胸に倒れ込みそうになってしまうが、寸前で踏み止まる。

ふわりと香るオードトワレは、神城が昔から愛用しているものだ。微かに煙草の匂いが混じるアンバーやムスクの香りが、木佐はあまり好きではない。人によって異なるのだから、これは好みの問題だろう。

「何か？」

顔をしかめないよう気をつけながら、視線をやる。だがその瞳に見覚えのある色を見つけ、思わず舌打ちしそうになった。

「なあ、折角の再会だ。また付き合わないか？」

言いながら、意味深に肩を掴んだ指が木佐の身体を撫でる。その意図を正確に読み取り、木佐は隠さず溜息をついた。かろうじて、面倒なという言葉を飲み込む。

「神城さん。俺は、妻帯者と付き合う気はありませんよ」

「ああ、あいつとならとっくに別れているぞ」

「え？」

何を今更とでも言いたげな声に、目を瞠る。神城は、木佐がいた当時、事務所の所長だった弁護士の娘と結婚したのだ。木佐が事務所を辞めて以降、連絡を取ることもなかったため知らなかった。

木佐の驚いた表情に、意を得たとばかりに神城が顔を寄せてくる。

「また、思う存分可愛がってやるよ。お前だって、嫌いじゃないだろう？　素直になれ」

くっと、低く笑った神城の言葉に、呆れを通り越して虚脱を覚える。

昔、事務所にいた当時、神城とはいわゆるセフレだった。付き合っていたという程深い関係ではなく、本当に身体だけの付き合いという程度だ。基本的に神城はバイで、表向き性癖は隠しているが、好みなら男女はあまり関係ない。

司法修習時代、偶然神城に男を相手に出来ると知られたことから、後腐れなく抱ける男として誘われた。木佐もまた、飯田でなければ誰でも一緒だと自棄《やけ》になっていた時期だったため、断ることもなく付き合った。

（若気の至り以外の何物でもないな）

実際のところ、木佐の好みからいえば神城は大きく外れている。今更ながら、よくセフレになることを了承したなとしみじみ思う。

他に相手を探して忘れたい。あの頃はその一心だった。今でも出来ることならそうしたいくらいだが、さすがに誰でも良いからとは思えない。年齢的なものもあるが、何より飯田が身近にいる現状では、絶対に比べてしまうからだ。

（我ながら、諦めの悪い）

神城の存在に引き摺られるように、苦い過去と、飯田のことを思い出してしまう。

「木佐？」

沈黙を、思案していると思ったのか、神城が再び耳元で囁いてくる。その声に我に返り、不自然に見えないよう肩にかかった手をやんわりと押し戻した。ぼんやりとしていた表情を慌てて戻す。

「ありがとうございます。でも残念ですが、今は間に合っていますから」

にこりと愛想良く、けれど断りの言葉を口にした木佐に、神城が目を瞠るのが判った。断られるとは思っていなかったのだろう。

（というより、了承すると思う方がどうかしているだろうに）

当時の神城との関係は、神城の結婚を機に、なんの前触れもなく唐突に終わった。それ自体は特に不都合もなかったのだが、結婚後、神城がセフレだったことを口止めしてくる素振りを見せ始めた。もちろん木佐には触れ回る気などさらさらなかったが、面倒ごとに発展しそうな気配を感じ、それを避けるために自ら事務所を辞めたのだ。

（結果的には、あの時辞めて良かったが）

実は、神城のやり方が性に合わなかったというのも事務所を辞めた理由の一つだった。弁護士としての有能さは認めていたが、利益の大きな案件しか受けようとしない方針は、自分が持つ弁護士としてのあり方とは違っていた。

自分自身が経営者となった今では、利益を考えるのは当然のことだと思っている。だが、それが全てというわけでもない。縋るようにして評判を頼りに事務所を訪れた老夫婦を体よく追い出し、利益が見込めないと言った姿を見て、逆に木佐は自分にも譲れないものがあるのだということを知った。

それに、元々誰かの下につくよりも、自身で経営する方が性に合っていた。実家が実家なだけに、必要な援助は受けることが出来たし、事務所が軌道に乗ってからは返済もしている。

「神城さんなら、もっと良い人がいるでしょう。それよりも――」

「なんだ、木佐君。こんなところで油を売っていたのか」

突如割り込んだ声に、振り返る。そこにいたスーツ姿の初老の男性の姿に、安堵しつつ今度は愛想笑いでない笑みを浮かべた。厳しい表情が、今はとても頼もしいものに見える。

「伊勢《いせ》先生」

「木佐君、早く戻らないとお父上が探していたぞ」

「ああ、すみません。では神城さん、また」

「つと、待て。これ、いつでも連絡してくれ」

伊勢の方へと向かおうとした木佐を呼び止め、神城が名刺を差し出してくる。問答をするのも面倒で、受け取るだけ受け取り「じゃあ」と会釈を残してその場を去った。

疲れを取るために会場を出たというのに、これじゃあ余計に疲れただけだ。ひとりごち、少し離れた場所に立ってこちらを見ていた伊勢へと歩み寄った。

「ありがとうございます。先生」

「いや、邪魔をしたかな？」

あまり良い雰囲気ではなさそうだったから、声をかけたんだが。そう告げる伊勢に、本心から、助かりましたと首を振った。

「あれは、神城君だったかな——ああ、木佐君は彼とあそこで一緒だったのか」

去っていく神城をちらりと見て、伊勢が納得した様子を見せる。木佐が以前いた事務所の名前は、伊勢も知っていた。

「ええ、まあ。先生も、神城さんと面識が？」

「いや、直接はないよ。つい今し方、噂話を聞いたばかりでね。なんでも、政治家の一人娘と婚約したという話らしい。今日も、婚約者を迎えに来ていたのじゃないかね」

「……——そうですか」

ならば、前妻とは離婚していても、婚約者がいながら木佐へと誘いをかけてきたということか。まさに、開いた口が塞がらないといった心境だ。

「そういえば、先生はお仕事ですか？」

伊勢は、木佐が出席していたパーティーとは関わりがないはずだ。大方、先程の父が呼んでいるという台詞は、パーティーが行われていることを知っていたためのはったりだろう。

「いや、今日はプライベートでね。顔見知りの先生と久しぶりに会って、そこのレストランで食事をしていたんだ。出てきたところで、君を見かけたのだが……今日は、呼び出されたようだな」

そこで、伊勢が同情混じりの笑みを覗かせた。木佐がなぜこの場にいるかは知っているらしい。伊勢は、父親の古くからの友人だ。恐らく、父親本人が話しでもしたのだろう。木佐は、やれやれと肩を落とした。

「父も、いい加減先方を騙《だま》すような真似はやめて欲しいんですが。先生からもなんとか言って下さい」

「あいつにしても、君の性癖を完全には許容し切れていない面もあるんだろう。私も、実際に息子がと思えば複雑な気分にはなる」

宥《なだ》めるような声に、今度は木佐が失笑する。

「あの人が、そんな殊勝《しゅしょう》な人ですか。あわよくばということはあるかもしれませんが、大抵は、顔繋ぎのきっかけに駆り出されているようなものですよ。穏便に断らないといけないこっちの身にもなって欲しいものです」

今回の呼び出しは、大企業の創始者の孫娘が、木佐とぜひ見合いをしたいと指名してきたことが発端だった。以前、同じように引っ張り出されたパーティーで、木佐と話したことがあるらしい。木佐自身は全く覚えていないのだが、とにかく挨拶《あいさつ》しろと父親がうるさかったのだ。

見合い自体は、本人の意志を優先ということで、答えは保留とされている。木佐が了承することなどないと知っていて丸投げしてきたのだ。断るにしても、揉めさえしなければ最低限の顔繋ぎになり、今後の仕事にも役立つ。父親の意図は、透けて見えていた。

今の事務所を立ち上げた頃、家族には自分の性癖を告げている。快く理解を示してくれたという状況ではなかったが、恐らく一般的な家庭よりは冷静に話が済んだ。

木佐の家族は、基本的に合理主義者だ。性癖というある種不可抗力な部分に対し、感情的な面での不利益より、利益を考える。

そうしてみれば、顔がよく、なおかつ興味がないからこそ女性からのアプローチをそつなく躱《かわ》すことが出来る木佐は、娘を持つ親に対しては有効に使えたということだ。その上、何度でも使える。

「まあ、そう穿《うが》ちすぎるな。君も、少しは素直に感情を表に出した方がいい」

伊勢の言葉に、ふと朋のことを思い出す。

「櫻井君くらい素直になれたら、いいんでしょうけどね」

なかなか人に心を許すことが出来なかった青年は、心を預けられる相手に出会い、次第に素直な感情を表に出すようになってきた。

(まあ、それもあの子程可愛かったら、の話だけど)

自分がそんな柄でないことは、百も承知だ。

「櫻井君は、元気にしているか」

孫のように可愛がっている青年の名に、普段から厳しいと評判の伊勢の相好《そうごう》が崩れる。優しく細められた瞳に、笑いながら頷いた。

「ええ。よく働いてくれていて、助かっています。あ、返せと言われても、もう無理ですから諦めて下さい」

何よりも、あの綺麗な青年にぞっこんな駄目な大人が離しはしないだろう。心の中に秘めつつそう言えば、伊勢が仕方がないと残念そうに零した。

「本当なら、一年経ったらうちに戻して貰おうと思っていたんだが……まあ、そちらにいたいという本人の希望ならば仕方あるまい」

なんにせよ、元気でやっているならそれで良い。そう告げた伊勢が、思い出したように木佐を見た。

「話は戻るが——君、受け流すのは良いがね。面倒だからといって、適当に愛想だけ良くする癖は、そろそろ治しなさい。君にしては珍しく上の空で相手をしていたようだったが、あれでは相手に勘違いもされよう」

「……——」

ぎくりとしたのは、まさにそれらが図星だったからだ。飯田のことを思い出し、ついぼんやりしてしまったのをごまかすため、必要以上に愛想良くなっていた自覚もある。

「彼のように自信があるタイプには、特に気をつけなさい。侮《あなど》られて、面倒なことにならないように」

年の功というべきか、子供の頃から知られている弱みというべきか。

的確な伊勢の指摘に、反論の言葉が出ずに苦笑した。あの短いやりとりでそこまで見抜かれていた自分自身が、判りやすかったということか。

「以後、気をつけます」

その答えに、まるで生徒を相手にする先生のような態度で伊勢が頷いた。

執務室から出るため扉を開くと、受話器を耳に当てた朋が、ちらりとこちらに視線を向けた。

「申し訳ありません。木佐は本日、終日外出しております。はい、では失礼致します」

電話機に向かいぺこりと軽く頭を下げた朋に、頬を緩める。二十歳の成人している青年だが、全体的な線の細さからか、その仕草は妙に可愛らしく見えた。

と同時に、木佐が事務所にいることを承知の上で不在と告げたことで、電話の相手に予測がつき溜息を零す。

「またかかってきたか。ごめんね、二人とも」

完全に受話器を置いてしまうのを確認し、事務員である朋と榛名に詫びる。朋が、いいえと首を横に振った。

「俺達は別に。それより、大丈夫なんですか？」

何か、問題が起こっているのではないか。そんな気遣わしげな朋の声に、平気だよと安心させるように微笑む。

電話の相手は、神城だ。先日パーティー会場で偶然再会してから、数日に一度の割合で事務所へと電話をかけてくるようになった。

最初の数回は木佐も相手をしていた。だが内容はいつも、夜二人だけで飲もうという——言い換えれば、またよりを戻そうという——誘いで。断り続けたのだが、しつこく誘ってくるため、しばらく居留守を使うことにしたのだ。

(ここまでくると、やめさせようとしても逆に面倒なことになりそうだからな)

どのみち、電話で言っても埒があかない。代わりに電話を受ける榛名と朋にいらない負担をかけてしまっているが、二人とも快く引き受けてくれていた。

「そろそろ、どうにかしないとねー。あ、亜紀ちゃんこれ清書よろしく」

「はい。しつこい男は嫌われる、の典型みたいな方ですね。大きな事務所の先生なのに、これだけこまめに電話をかけられることが驚きですよ」

手渡した書類のメモ書きに目を通しながら、榛名が容赦なく神城を評する。それに控えめに苦笑した朋も、特に反対意見を持っている様子はなかった。

榛名も朋も、電話を受けただけだが、神城にあまり良い印象を持っていないようだった。曰《いわ》く、傲慢さが口調から滲み出ている、らしい。

このところ忙しかったのもあり二人の好意に甘えていたが、いい加減、はっきりさせなければならないだろう。実は、数回居留守を使えば飽きるだろうという期待もあったのだが、今回は別に目的があるのか珍しくしつこかった。

(まあ、一回断られた時点で食い下がってくること自体が珍しいし)

自信家でプライドが高い分、断られれば深く追うことはしない。ただ、昔神城の言うことに逆らわなかった木佐の姿を知っている分、断られることで意地になっている可能性はあった。もしくは、木佐に対しなんらかの利益を見出しているか、だ。

「おい、木佐。お前、まだやってんのか」

背後からの声に振り返れば、執務室から成瀬が出てきたところだった。入口の扉を開け放していたらしい。今までの会話は、丸聞こえだったようだ。

「そろそろ、飽きるかと思ったんだけどね」

成瀬に向けて肩を竦めてみせれば、返ってきたのは苦々しい表情。

「面倒なことになる前に、さっさと手を打っておけ。うるさくて仕方ねえ」

口は悪いが、これでも成瀬なりに心配はしてくれているのだ。木佐が事務所を辞めた経緯は、成瀬が事務所に来た当初、自分の性癖とともに話している。その流れで神城という名も出したことがあるため、予想はついているはずだ。

「判ってる。二人とも、次かかってきたら取り次いで良いよ」

「でも、木佐先生」

心配そうな朋の声に、大丈夫と再び微笑む。

「いざとなったら、しつこい男は嫌われますよ、って言っておこうかな」

笑いながらへろりと告げた木佐の言葉に、三人の呆れたような溜息が響いた。

「その絡まれていたという女性ですが、何か覚えていることはありますか？　身長や容姿、髪型や服装、なんでも構いません」

所轄署の狭い接見室の中、仕切りとなる透明なアクリル板の向こうに座る男性に、木佐がゆったりとした口調で問いかける。

当番弁護士制度による、初回接見。相手は、江崎《えさき》という四十歳手前の男性だった。

逮捕されてしまった場合に、知り合いに弁護士がいなくとも、起訴前の早い段階で弁護士に相談が出来るよう設けられたのが、当番弁護士制度である。本人、または家族などが弁護士会を通じて依頼することが出来、一回目の面会のみ無料となっている。

当番弁護士は、弁護士会の中で当番弁護士登録名簿に登録している弁護士が持ち回りで行っている。当番日だった今日、夕方近くになって事務所へと連絡が入った。

会社員の江崎は外回りの営業中、女性が男に絡まれているのを見かけ仲裁に入ろうとしたらしい。だが相手の男がナイフを持ち出し、咄嗟に避けようと鞄で身を護《まも》った時、弾き飛ばしたナイフが運悪く男に怪我を負わせてしまった。

問題は、その弾き飛ばしたナイフを、相手の男から遠ざけるために焦って拾い上げてしまったということだった。怪我を負った男は、騒ぎを聞きつけ駆けつけた警官に、ナイフは自分のものではなく江崎からいきなり切りつけられたと訴えたのだ。

その上、助けようとした女性は騒ぎに紛れ姿を消してしまった。結果目撃証言も取れず、傷害容疑で逮捕され今に至る。

「は、はい……。いやでも、あまり覚えていないんです。身長は確か、私の肩辺りだった気がします。髪は、多分、肩より長くて。顔、顔は……——」

焦って記憶を探るように視線をうろつかせる江崎に、木佐はゆっくりで良いですよ、と言い添える。揉めている最中、詳細に人の顔を覚える余裕などなかっただろう。ただ、何か特徴のようなものが掴めれば、目撃証言を探しやすくなる。

「服装や、持ち物で印象に残っているものは？　スカートだったとか、バッグや腕時計や」

「服は、スカートでした。普通に、カジュアルな。時計……あ！」

細かい例を挙げていくと、不意に何かに思い当たったような声を上げた。

「腕に、数珠《じゅず》みたいなブレスレットをしていました。ええと、パワーストーン？　でしたっけ。よく若い子がしているような、石のついた」

「色は？」

「いや、そこまでは……透明だったか、ピンクだったか……相手の男と揉めている時に腕から外れて落ちたんです。ちらっと見ただけですから、そんな感じの、というくらいですが。以前妻が欲しがって、一緒に買いに行ったことがあるので、多分そうだったと」

困ったように眉を下げた江崎が、多分、と繰り返す。

「相手の男は、女性に誰かの居場所を問い質《ただ》していたんですよね？」

「ええ。お前の男だろうが、って言っていました。女の人は、別れたから知らないって」

「その探している男の名前は、言っていませんでしたか？」

更に問えば、江崎が考え込む。

「……言っていたかもしれませんが、すみません、覚えていません」

それに頷き、判りましたと続けた。

「また何か他に思い出したことがあったら、いつでも連絡して下さい」

「木佐先生……——」

不安げな様子に、大丈夫ですよ、と宥めるように微笑みながら頷く。

「一番大事なのは、やったこととやっていないことを正直に答えることです。絶対に、嘘や曖昧《あいまい》なことは言わないで下さい」

「はい」

木佐の言葉に耳を傾ける江崎の態度には、生真面目さがよく現れていた。本人の主張も、矛盾もなく筋が通っている。少なくとも木佐には、嘘を言っているようには見えない。

みなが見て見ぬ振りをして通り過ぎる中、正義感から女性を助けようとした。その勇気が今回は仇《あだ》になってしまったが、行動自体が間違っていたわけではない。

あの時、人助けなどしようとしなければ良かったと。そう思うようなことにだけは、なって欲しくなかった。

「言葉尻をとられても、慌てずに。気楽に、は無理でしょうが、深呼吸して出来るだけ肩の力を抜くようにして下さい。警察と言っても相手は人間、とって食われはしませんから」

あえて軽い調子で言えば、江崎は固いながらもちらりと笑みを見せた。不安にばかり囚われていては、いざという時に自分を支え切れない。ほんの少しだけ接見開始時の張りつめた緊張感が抜けていることに安堵し、最後にもう一度簡単な注意を繰り返した。

「調書は何度も確認して、不安があれば署名押印は控えて、私に相談して下さい。差し入れの被疑者ノートに先程説明した内容が一通り書いてありますから、後でゆっくりと読んで、これまでの取調状況を書いておいて下さい」

律儀に相づちを打ちながら、江崎が最後にもう一度頭を下げた。

「はい——先生、よろしくお願いします」

最後に励ましの言葉をかけ席を立つと、接見室を後にする。

今回は当番弁護士としての接見だったが、今後のことについても確認し、正式に弁護人として弁護を引き受けることになっていた。

「さて、今日はこれで終わりか」

やれやれ、と息をつきながら警察署を出る。既に辺りは暗くなっており、光は、建物から漏れる明かりと街灯だけだった。署の玄関前で立ち止まり腕時計を見れば、八時になっている。

「事務所に……いや、今日は帰るか」

今日は、この接見が最後の仕事だ。これから事務所に戻って書類仕事を片付けても良かったが、明日でも問題はないだろうと結論づける。

そういえば、先日のパーティー出席の報酬代わりにと、実家から父親のワインを持って帰ってきていた。あれでも飲んで、久しぶりにゆっくりしよう。そんなことを考えながら、大通りへと足を向けた。

「先輩？」

不意に、背後から呼び止められ足を止める。聞き慣れた声に、姿を見るより先に鼓動が跳ねた。期待と喜び、そして逃げ出したいような緊張が一気に押し寄せる。

何より正直な自らの反応に自嘲しながら振り返れば、予想は間違っておらず、飯田がこちらへ駆け寄ってきた。

「先輩、今帰りですか？」

「ああ」

スーツのジャケットを小脇に抱え、ネクタイは緩められている。恐らくここに、捜査本部が出来ているのだろう。笑みを見せてはいるものの、わずかに疲れた様子も垣間見える。大丈夫か。その一言が喉元まで出かけたが、ぐっと飲み込む。

「これから出るのか?」

「いえ、今日はあがりです。丁度良かった、俺、車あるんで送ります」

「いや、いい。電車で帰る」

「じゃあ、そこの通りでちょっと待ってて下さい」

「おいっ!」

木佐の制止を無視し、飯田が身を翻《ひるがえ》して暗闇の中へと駆けていく。遠ざかる背中を茫然と見つめ、深々と溜息をついた。

飯田と一緒にいるのが、嫌なわけではない。未だに側にいるだけで落ち着かなくなってしまう、自分の諦めの悪さが嫌なだけなのだ。気遣う言葉一つ、かけられない。気を緩めてしまえば、つい、封じ込めた想いを吐き出してしまいそうになる。

「もう、何年経つっていうんだ……ったく」

幾度繰り返したか判らない言葉で自分を罵《ののし》りながら視線をやれば、見覚えのある白い車が路肩に停まった。ゆっくり歩み寄ると、助手席側の窓が開き、中から飯田が乗って下さいと促してくる。

「自分の車で来ていたのか?」

「午前中に用があって、人を乗せたので。近くの駐車場に放り込んでおいたんです。家で良いですか？」

「ああ」

流れるように車が動き出し、シートに背中を預ける。外からは数回見たことがあるが、実は飯田の車に乗るのはこれが初めてだった。車内は飾り気もなく、ほとんど物を置いていない。だがそんな素っ気なさが、不思議に心地の好い空間だと感じてしまう。

「あの近くで、事件があったのか？」

前を走る車のテールランプを見つめながら、思いつくままに問う。車内に落ちた沈黙が、どうにも気になって仕方がなかった。

「ええ、二週間ぐらい前に。どうにか落ち着いたんで、そろそろ事務所に顔出しに行こうと思ってたんです。会えて良かった」

「来なくていい」

ぼそりと呟いた声を聞き流し、飯田がハンドルを右に切る。やがて木佐が住むマンションが見える場所まで辿り着いた時、手前の信号が赤に変わり車が停まった。

「……ん？」

「どうかしました？」

マンション前に見えた物陰に目を凝らすと、どうやら玄関近くに車が一台停まっているようだった。同時に、マンションから出てくる人の姿が視界に入り、小さく息を呑む。

「飯田。悪いが、裏から駐車場に入ってくれ」

「え？」

「……コーヒーでも、飲んでいけば良い」

前を向いたままの木佐の言葉に、飯田が驚いたように目を見開いたのが気配で判る。木佐自身、そんなことを言うつもりではなかった。けれど、状況的にこのままマンション前に車を停めるのは避けたかった。

（全く、なんでうちにまで）

木佐のマンションから出てきた人影は、神城だった。信号からマンションまでは、さほど距離もなく、視力にも自信がある。見間違いではないだろう。人影が乗り込んだ車は、様子を見ているのかそのまま動かず停まっていた。

「じゃあ、お邪魔します」

どこか弾んだ声とともに、信号が青に変わる。マンション手前で右に曲がり、裏手の入口からマンションの一階部分にある駐車場へと車を入れた。ここまで入ってしまえば、表を通らずに建物の中へ入ることが出来る。車が停まる感覚に、ほっと息をついた。

「助かった」

ぶっきらぼうに礼を告げ、シートベルトを外す。と、ベルトの金具がジャケットの袖のボタンにひっかかり、袖がわずかに引き上げられた。

「――先輩、ちょっと見せて」

「え？　……っおい！」

突如横から低い声が響き、右腕を取られる。ジャケットの袖が引き上げられ、シャツの袖もボタンを外された。その下から出てきた包帯に、飯田が息を呑む。

「これ、どうしたんですか」

右腕を握る飯田の手に、力がこもる。遠い記憶の中で覚えのあるその力強さに、胸が詰まるような息苦しさを覚えた。真剣にこちらを見据える瞳から、目が逸らせない。

木佐の右腕には、手首より少し上から肘の近くまで包帯が巻かれている。なんのことはない、昼間、担当している事件の示談交渉に向かった被害者の家で、携帯電話やらリモコンやらを投げつけられたのだ。服の上から当たったため痣ばかりで傷にはならなかったが、事務所で榛名から湿布を貼られ、万が一見えたら格好がつかないと包帯を巻いておいたものだ。

「昼間、仕事中に被害者の身内と揉めただけだ。たいしたことはない」

離せ、と掴まれた手を振り解こうとするが、離れない。逆に本当ですかと詰め寄られ、嘘をついてどうすると睨みつけた。

「こんな仕事をしていれば、怪我をすることもある。お前だって同じだろう」

「つそれは。……――すみません」

叱責するような口調に、飯田が何かを堪えるように口元を歪め俯く。幾ら飯田が木佐の怪我を気にするにしても、明らかに様子がおかしい。隠すように伏せられた顔を、じっと見つめる。

「何か、あったか」

「いいえ。最近、変わったことはありませんか？」

「……――別に」

不意に、今もまだマンション前にいるかもしれない、神城のことを思い出す。最近身の回りに起きた変わったことといえば、あれくらいだろうか。そう思い、けれど飯田には関係のないことだと口を噤む。飯田は、神城の存在を知らない。もちろん木佐自身言う気もなかった。だが、そのわずかな躊躇いが判ったのか、飯田が顔を上げ再びこちらを見据えてくる。

「何かあったんですか？」

「何もない。あっても、お前には関係ないだろう」

後ろめたさから突っぱねてしまい、言いすぎたかと焦りを覚える。だが次の瞬間、掴まれていた腕を引かれ身体が前に傾《かし》いだ。突然のことに反応出来ず、すっぽりと飯田の腕の中に身体が包まれてしまう。

「っ！」

「――関係なくても」

頬に当たる体温と背中に回った腕の感触に、頭が真っ白になる。押し返そうと飯田の身体に手を突くが、びくともしない。車の中という狭い空間なだけに、上半身が捕らえられるとそれ以上身動きが取れなかった。

「は、離せっ」

声が上擦りそうになるのを、必死で堪える。けれど木佐が離れようとすればする程、腕の力は強くなった。重なった胸から伝わってくる鼓動は、どちらのものか。

「俺は、またあんたが怪我をするのは見たくない……」

木佐の肩に顔を埋めるようにして呟かれた、小さな声。くぐもったそれに、ぴたりと木佐の動きが止まった。困惑と羞恥……そして怒りが、一気に身体を支配する。

(俺は——こいつは、いつまで……っ!)

ぐっと腹に力を入れ、思い切り飯田の身体を突き飛ばす。離れた勢いで、背中が車の扉にぶつかる。硬い表情でこちらを見ている飯田を睨みつけた。

「余計なお世話だ。お前は、いつまでそんな罪悪感《もの》を後生大事に抱えているつもりだ」

「先輩。違う、俺は……」

「もういい」

言いながら、ドアを開け外へ出る。と、足下でチャリンと何かが落ちる軽い音が響いた。目を凝らしてみれば、アスファルトの上に金色の指輪が落ちている。座席の上に落ちていたのに気づかず座っていたのだろう。ほっそりとしたリングは、間違いなく女物だ。

それに気がついた途端、ショックを受ける自分を嫌悪した。

腰を屈めて指輪を拾い上げると、ぽんと飯田へ放り投げる。受け取った飯田は、それに視線を落とし、あ、と声を上げた。

「落とし物だ」

自分でも、ひんやりとした声を出しているのが判った。取り乱したことを心の中であざ笑う。捨て切れない気持ちに振り回され、飯田の一言一句に感情が乱される。

飯田には、もう決まった相手がいる。壁に石で刻みつけるように、ゆっくりと強く、心の中で繰り返した。

悪いが、今日はこのまま帰ってくれ。そう言い残し、身を翻す。とてもじゃないがこれ以上このまま顔を合わせていて、冷静でいられる自信はなかった。

「先輩！　ちょっと待って！」

バタン、とドアが締まる音とともに、声が追ってくる。来るな、そう思いながら足を止めずマンションの通用口へと向かえば、背後から肩を掴まれた。

「離せっ」

「ちょっと待って先輩、話を……」

「木佐？　なんだ、やっぱりお前だったか」

飯田の手を払おうとすると、横合いから別の声が響く。しまったと思い振り返れば、表から回ってきたらしい神城の姿があった。ぴたりと飯田の動きが止まる。

「神城さん……」

「ちょっと用があってな。表で待っていたんだ。それらしい声がした気がして、来てみたんだが。なんだ、揉めごとか？」

軽い足音とともに、神城が車の方へと近づいてくる。暗がりから、木佐達の立つ電灯の当たる場所まで来ると、目を眇めた。木佐の正面で足を止める。

「君は、飯田君だったな」

「え？」

神城の一言に声を上げたのは、木佐だった。思わず振り返り、背後の飯田の顔を見る。そこにあったのは無表情に近い顔で、神城に対してあまり良い感情を持っていないことは一目で知れた。

「神城先生、ですね。その節はお世話になりました」

「いや、世話になったのはこちらだろう？　君のおかげで、真実が明らかになったんだ。俺も、依頼人から騙されずに済んだ。助かったよ」

「いえ」

助かった、という割に神城の表情は皮肉気だった。

話の内容から察するに、神城の依頼人を通して、飯田と何かあったらしい。もしかしたら神城の依頼人が犯罪に関わっているようなことが、あったのかもしれない。

二人に面識があることに驚き、飯田と神城の顔を交互に見れば、飯田と視線が合う。静かな視線は、飯田もまた、木佐と神城が知り合いだったことに驚いているようであり、探るようでもあった。

「木佐は、飯田君と知り合いだったのか？」

神城から問われ、慌てて飯田から目を逸らす。どちらにしろ、二人がどういう知り合いかは、今この場では関係のない話だ。それよりも神城の前で、あまり不自然な態度は取りたくなかった。勘の良さは侮れない。

「ええ、まあ。それより神城さん、こんなところまでどうしたんですか？」

用があるなら、さっさと言って帰ってくれ。口元だけに笑みを浮かべつつ、心の中でそう告げる。神城が意味深に口端を上げげた。

「ここじゃあ、ちょっとな。家で話せるか？」

「それは……」

さすがにそれは勘弁して欲しい。言い淀み、どう断わろうかと思案を巡らせる。と、背後から肩に手を置かれた。

「木佐さんには、俺が先約を入れさせて頂いています。申し訳ありませんが、後日改めて頂けませんか」

「飯田」

振り返れば、飯田は真っ直ぐに神城を見ていた。愛想もないが、怒っている気配もない。普通に見れば、そう思うだろう。だが、木佐は飯田の不機嫌な気配を感じ取っていた。この顔は、昔見たことがある。あまり好きではない人間を相手にする時の表情だ。

(何があったんだ？)

「そうなのか？　木佐」

神城に問われ、ええと首肯する。ここで神城に家に上がり込まれるよりは、飯田の話に乗る方がましだった。先程の言い合いのことを思えば躊躇いはあるが、この際贅沢は言っていられない。

「すみませんが。用件なら、事務所の方で伺《うかが》います。——仕事の話なら」

暗に誘いを断るため最後に付け加えた一言に、神城がぴくりと眉を上げる。

「事務所で、な。飯田君、悪いが今夜は譲ってくれないか？　木佐には、ごくプライベートな用件があってね」

神城が、飯田に視線を向ける。少しの沈黙の後、飯田が口を開く。

「お断りします、と言ったら？」

「そうすると、私は今ここで用件を言わなければならなくなる。困るのは誰かな？」

ゆっくりと移った視線は、再び木佐のところで止まった。知り合いの前で、自分との関係を暴露《ばくろ》されても良いのか。神城の目は、そう言っていた。

「神城さん……」

「弁護士の先生ともあろう方が、強要ですか」

木佐が口を開こうとすると、飯田の声に遮られた。肩に置かれた手に軽く力がこもる。

「強要？　っはは、これはいい！　君、刑事ともあろうものが、そうやって簡単に人を犯罪者扱いするものじゃない」

神城の愉快げな笑いが響く。

「いや、失礼。そういえば刑事は人を疑うことが仕事だったね。片端から犯罪者として見ているからこそ、犯人も探し当てられるというものだ」

そして、小馬鹿にした表情で侮蔑の言葉を投げつける。けれど飯田は、反論もせず静かに聞いているだけだった。

「それに、さっき見ていた限りでは、木佐は君を振り払おうとしていたようだったが？　むしろ君がストーカー被害で訴えられないように気をつけた方がいい。さあ、木佐。こっちにおいで」

差し出された手に視線を移す。自分の手が振り払われるとは思っていない、余裕の態度。確かに、木佐は神城の前でほとんど反論をしたことがない。仕事の上では、根本的なスタンスが違っていたというだけで、腕は確かだった。仕事への取り組み方などは、それこそ個人的な問題であり、弁護士として問題がないのなら人が意見するようなものではない。

そしてプライベートでは、反論する方が面倒だった、というのが正直なところだ。変わった性癖があるわけでもなく、セフレとして割り切った関係を続ける分には、特に問題もなかった。

ただ神城には、そういった木佐の従順さが、自分に対する服従心に見えていたのだろう。もしかしたら、事務所を辞めたことすら、身を引いたとでも思われていたのかもしれない。どれだけ自分に自信があるのだと、むしろ感心してしまう。

自分のことだけならば、面倒だ、で済んでしまう。上手く受け流していれば、揉め事も起こらずに済む。

けれど、今だけは別だった。

神城が、飯田に対して何かを言う度に、胃の奥がむかついて仕方がない。飯田が反論もせず聞いていることが、更に苛立ちを増幅させていた。

こいつのことを、何も知らないくせに。そう思うことが、止められない。

「木佐?」

もう一度、神城が名を呼ぶ。溜息をつくと、背後から木佐の肩に置いていた飯田の手がぴくりと動いた。

「神城先生、木佐さんも疲れているようですし、今日はお互いに日を改めませんか」

飯田が、静かにそう告げる。神城が、やれやれと仕方なさそうに飯田を見た。

「いい加減にしたまえ。どういう知り合いかは知らないが、木佐につきまとうのはやめた方が良い。その手を離しなさい。しつこい男は嫌われる、というだろう？」

その一言に、木佐は思わずははっと笑い声を上げていた。驚いたように二人分の視線が木佐へと集中する。

「いい加減にしてくれませんか」

そして胸の奥に蓄積された苛立ちをそのままに、口元だけで冷笑する。

普段から穏和な笑みを絶やさないのは、そうしていなければ必要以上に冷たく見えることが判っているからだ。仕事の上でもプライベートでも、人間関係を築く上でマイナスにしかならないから、常に気をつけている。だが、今それは必要ないと判断した。神城が、探るような目つきでこちらを見ている。木佐のこんな表情を見たのが、初めてだったからだろう。

「飯田、手を離せ」

後ろを振り返らずに言えば、飯田の手が微かに震えた。躊躇《ためら》うような間の後、ゆるゆると離れていく。完全に離れてしまってから、続けた。

「約束は、なしだ。帰ってくれ」

ひんやりとしたその声に、正面に対峙した神城がわずかに勝ち誇ったような色を見せた。それを見ながら、木佐はそれから、と言葉を継ぐ。

「神城さん。何を勘違いされているかは判りませんが、俺は知られて困るようなことは何一つありませんよ」

「……――何？」

木佐の冷笑が、自分に対して向けられていることに気がついたのだろう。神城の顔から笑みが消える。

「俺は、今後一切あなたとプライベートで関わる気はありません。昔のことがあるからと言って、あなたに付き合う義理もない。あなたとのことは、五年前に全て終わった。それ以上でも、それ以下でもない。この間の誘い、俺は断ったはずですよ」

容赦なく切り捨てれば、神城がこちらを睨みつけてくる。

「ストーカー被害は、どちらに対して出せばいいんでしょうね？――神城さん、しつこい男は嫌われますよ」

飯田に向けて言った言葉をそのまま返せば、神城の目が、不穏な光を帯びた。けれどすぐにそれを収め、木佐に意味深な笑みを向けてくる。

「そうか、判った」

木佐へと歩み寄った神城が、静かに見下ろしてくる。殴られるか。身構えれば、背後にいる飯田が警戒を露《あらわ》にした。

「……――っ」

神城の片手が動いた直後、引き寄せられ唇に湿った感触が押しつけられる。目を瞠りながら、脳裏に、背後に立つ飯田の姿が過った。心臓が、ぎしりと嫌な音を立てる。

見られた。神城の身体を思い切り押し返しながら、濡れた唇をぐいと手の甲で拭う。

「何を……」

「折角再会したんだ、お前が男を探しに行く手間を省くために相手をしてやろうと思ったんだが。どうやらいらぬ世話だったようだな……ああ、間に合っているんだったか」

数歩下がった神城は、そう言いながら、楽しげに木佐の背後へと視線を移す。

「あんた……っ」

飯田の呻くような低い声を聞き流し、神城が木佐へと再び視線を戻した。

「お前との身体の相性は、最高だったからな。今日のところはこれで帰るが、独り寝が寂しくなったら連絡しろ。また相手をしてやろう」

またな。そう言い残し、神城が踵を返して木佐達の前から立ち去る。その背を睨みつけながら、奇妙な速さで脈打つ鼓動に息苦しさを覚えた。微かに震える拳《こぶし》を、強く握りしめる。

神城を挑発した自覚はある。だが自業自得とはいえ、一番隠しておきたかった部分を一番知られたくない人の前で晒されてしまった事実は、覚悟していた以上の狼狽をもたらした。

背中に全神経が集中しているかのようで、飯田の視線を感じる。

どうすれば良い。そう思いながらも、思考は空転するばかりで。まるで歯車が錆びついてしまったかのように働かない頭に、臍《ほぞ》をかんだ。

視線を落とした先、自身の爪先を睨みつける。顔を見る勇気はさすがになかった。後ろに立ち尽くす飯田が、どんな表情で木佐を見ているのか。それを知るのが怖かった。

軽蔑されているかもしれない。身近にいた昔からの友人が、実は同性と身体を重ねることが出来たと知ったのだ。たとえ木佐が飯田をそういった対象として見ていたことを知らなくても、騙されていたような気分にはなるかもしれない。

この場から、一刻も早く立ち去ろう。ようやくそこへと考えが辿り着き、無理矢理動揺を抑え込んだ。ゆっくりと深く息を吐き、そして、吸う。

「そういうことだ。じゃあな」

掠れそうになる声に、ぐっと腹に力を入れる。そのまま足を踏み出せば、背後ではっとする気配がした。

「待って、先輩」

腕を掴まれ、振り解こうとする。が、今度は離れなかった。無言で飯田を見上げて睨みつければ、同じくらいの強さで睨み返される。ここで大声を出せば、また神城が戻ってきかねない。口を噤めば、飯田も同じことを思ったのか、そのまま木佐を引っ張るようにしてマンションの中へと向かった。

「待て、お前……」

「話があります」

ずんずんと早足で歩く飯田に引き摺られ、エレベーターに押し込まれる。木佐の部屋がある階を押し、沈黙の落ちる密室の中でじっと腕を掴んだ飯田の手を見つめた。

どうしてこうなっているのか。木佐の予想では、あのまま飯田は自分に声をかけもせず、立ち去るはずだったのに。思わぬ事態に、頭が上手く働かない。

真正面から木佐を見据えた飯田の顔には、嫌悪も軽蔑もなかった。それに安堵しつつも、何かを探るような色を見つけ、もしかしたら本気にしていないのかもしれないと思った。あの状況だ。神城の嫌がらせ、と思えば思えなくもないだろう。

そう弁解しても良かったのだ。今更ながらに、そんな簡単なことに気づく。

けれど、本当のことを知られて離れていかれるのなら、いっそその方が良いのかもしれないとも思う。自分から拒絶するよりも、離れていってくれる方がよほど楽だった。

「着きましたよ」

「――飯田、もう」

「話は中でさせて下さい。外で話す内容じゃない」

ばっさりと切り捨てるような声に、ずきりと胸が痛む。今まで自分も、飯田に対しこんな口調で話していたのだ。傷つくのはお門違いだろう。のろのろとした動きで、鍵を取り出し玄関を開ける。二人で中に入ると、ぐいと両方の二の腕を掴まれ飯田の方を向かされた。

扉が閉まり、オートロック機能で鍵がかかる機械音が響いた。しんと落ちた沈黙の中で、飯田の惑う声が響く。

「どういう、ことですか」

あまりにも、曖昧な問い。やはり、飯田は信じ切れていないのだろう。あれは神城の嘘だと言えば、多分そう信じる。ただ、木佐はあえてそれを選ばなかった。

自虐的な気分になっていたのもあるかもしれない。しかし何より、もうこの男の前で気持ちを殺すことも、上辺だけで友人という関係を続けるのも苦痛だった。全て放り投げて、いっそ楽になってしまいたい。

「どうもこうも、見た通りだ」

「先輩……――じゃあ」

「俺の恋愛対象は男だよ。それこそ昔……学生の頃からな。そして、あの人とも付き合いがあった。他に何が聞きたい？」

一息に言ってしまうと、奇妙な程の解放感と後悔が同時に押し寄せてくる。飯田から再び一歩離れれば、今度は、腕を掴む手がするりと外れた。それと一緒に、今までの関係も終わってしまったようで胸が痛む。

狭い玄関ではそれだけ離れるのが限界だった。改めて、飯田へと向き直る。

「ずっと黙っていたのは、悪かったよ。もう帰れ、そして、事務所にも来るな」

だらりと下げた拳を、ぎゅっと握りしめる。けれど、返ってきたのはなぜか質問だった。

「成瀬先輩は、知っているんですか？」

「成瀬？　……ああ、まあ」

「どうして黙っていたんですか」

「別に、わざわざ言うことでもないだろう。お前には、関係ないことだ」

お前だからこそ、言えなかった。そんな心の声は、胸の奥底に沈めてしまう。すると木佐の答えに険しさを隠さないまま、飯田が一歩近づいてきた。

「関係ない、ですか。先輩はいつもそうですね。成瀬先輩やあの男に言えるのなら、俺にだって言えたでしょう」

「神城さんか？　あの人には偶然知られただけだ」

「でも、付き合っていたんでしょう？　――先輩、趣味が悪いですよ」

まるで馬鹿にするような態度と、言われた内容にかっとする。人の気も知らないで。心の中で悪態をつきながら、ふんと笑ってみせた。

「それがどうした。相手なんか、お前じゃなけりゃ誰でも良いさ」

売り言葉に買い言葉のように、言い放つ。それが、ある意味告白の言葉にすらなり得ることに、木佐自身気づいていない。そして飯田も、「誰でも良い？」と声を低めた。

「誰でも良いなら、俺でも良いでしょう」

「な、にを」

「そんなに、俺のことが嫌いですか」

真っ直ぐな問いに、息が止まりそうになってしまう。震えそうになる身体を抑え、ああ、と声を漏らす。腹から声を出したつもりだったが、実際に出たのは力ない呟きだった。

「……——嫌いだよ」

もうやめてくれ。そう願いながら、これ以上の言葉を拒絶し、俯く。飯田がそのまま立ち去るのを待っていれば、正面で人が動く気配がした。

「飯……？　んうっ!?」

腰を抱き込まれると同時に、顎《あご》を掴まれ上向かされる。覆い被さってきた影に驚く間もなく、唇が何かに塞がれた。息苦しさと驚愕、混乱がどっと押し寄せる。

「んんっ、んーっ！」

やめろと、口中でくぐもった声を上げながら、目の前に立つ飯田の身体を必死に押し返そうとする。けれど腰に回った腕はびくともせず、本気になった時の力の差を見せつけられた気がした。

なぜ、飯田にキスされているのか。脳内を一気に駆け巡った疑問は、湿った舌に唇を辿られることで止まった。同時に身体がぴたりと動きを止め、抵抗をやめてしまう。だが飯田は腕から力を抜かず、一層自分の方へと引き寄せた。

重なり合った胸から、鼓動が伝わってくる。早鐘を打つそれに意識が向かい思考が逃避しようとした一瞬、身体から力が抜け飯田の舌が木佐の口内へと滑り込んできた。

「んぁ……っ」

湿った感触に、飯田を押し返そうとしていた手が、逆にスーツを掴んでしまう。逃げるどころか縋るような体勢になってしまったものの、木佐は手を離すことが出来なかった。

指先が白くなる程に、スーツの布地を握りしめる。身体を包む体温と匂いが、木佐の意地と躊躇いを徐々に引き剥《は》がしていく。理性は駄目だと訴えているのに、本能が与えられたぬくもりを貪欲に求めていた。

(駄目だ、離れろ)

なんのために、今まで隠し続けてきたのか。本能をねじ伏せるように、強く思う。飯田がこんなことをする理由が判らない。が、言い合いの末の行動だ、かっとなっているだけという可能性の方が高い。

いっそ気持ちを伝えてしまえば、飯田も冷静になるかもしれない。ちらりとそんな考えが過るものの、すぐに自分の中で否定した。腕の傷がある限り、木佐から気持ちを伝えることは出来ない。飯田に、余計なものは背負わせたくなかった。

今ならまだ、止めれば間に合う。

「……――っや、め」

どうにか勝った理性で、スーツを握る指先を開き拳を作る。どん、と飯田の胸を叩き唇を外した。微かに出来た隙間から拒絶の言葉を漏らせば、小さな舌打ちの音が耳に届く。

「うん……っ」

再び深く重ねられた唇に、木佐の理性がぐらりと揺れた。どうして。惑乱の中で、薄いガラスにひびが入るように、胸の奥が軋《きし》む。

駄目だ、駄目だ……――駄目だ。

繰り返した言葉が、最後で諦めに変わるのが自分でも判る。限界だ。泣きたくなるような衝動とともに、もう一度強く、八つ当たりのように飯田の胸を叩いた。そのまま開いた指先で、スーツに爪を立てる。

ずっと、好きだったのだ。

半ば自棄になりながら、心の中で叫ぶ。受け入れて、何が悪い。たとえ相手の気持ちが自分に向いたわけではなくても、絶対に手に入らないと思っていたものを与えられて、拒めるはずなどないではないか。

理性をかなぐり捨て、飯田の首に腕を回す。そして口内を這い回る飯田の舌に自身の舌を絡めると、軽く歯を立てた。ぴくりと飯田の身体が震え、ゆっくりと唇が離れていく。

そろそろとした動きは、木佐が逃げないか確認するようにも見えて、都合の良い解釈だと笑いたくなった。

空気が触れて、唇がひやりとする。肩で息をしながら、濡れた感触に、羞恥と、肺の奥から突き上げてくるような切なさを覚えきゅっと唇を噛む。息苦しさにぼやけた視界で、睨みつけるように前を見れば、そこにはまるで痛みを感じているような表情で木佐を見ている飯田の顔があった。

「どうして、あんたは……っ」

激情を堪えた声で、飯田が木佐の肩に顔を埋める。勢いで一歩下がれば、上がり框《かまち》にかかとがひっかかり、ぐらりと身体が傾いだ。

「……――っ」

がくりと膝が折れ、床に尻餅をつくような形で座り込む。と同時に、飯田が木佐の身体を間に挟むようにして膝をついた。上半身は、飯田の腕によって支えられている。すぐに離れようとするが、逆に飯田の身体が近づいてきて、そのままの勢いで背中から床に倒された。

両手首が掴まれ、床に押しつけられる。視線を上げれば、そこに見えたのは天井ではなく射貫くような黒い瞳だった。目が、離せない。

「ん、ふ……っ」

覆い被さってきた影に、自然と瞼が落ちる。貪るような口づけに、今度は自分から舌を差し出した。馬鹿なことをしていると判っている。このまま友人に戻るにせよ、断ち切るにせよ、本当なら拒まなければならないのだ。後々、絶対に後悔する。何より、飯田にはれっきとした婚約者がいるのだから。

頭ではそう判っている。飯田のためにも……自分のためにも。けれどそう思う一方で、たった一度ぐらいと囁く自分を止められなかった。どうせ、昔断ち切ろうと決めた繋がりだ。ならばせめて、最後に一度だけ身体だけでも手に入れたい、と。

舌を絡め合い、飲み込み切れない唾液が口元から流れ首筋を伝う。いつの間にか手首から離れていた飯田の手が、木佐の身体からジャケットとベストを剥いでいく。シャツの裾がスラックスから引き摺り出され、熱くごつごつとした掌が素肌に触れた。

「や、め……」

ボタンを外しながらシャツをめくり上げられ、指先が胸元に辿り着く。耳元に心臓があるのかと思うくらいに、鼓動が高鳴る。それを知られるのが怖くて、自然と拒むような言葉が口をついた。

「っ！」

苛立ったような気配とともに、シャツがぐいと引っ張られる。首筋に襟元が食い込む感触と、ぷちっという軽い音。外していなかったボタンが二、三個飛んだのだろう。

「くっ！」

胸の先に唇が落ち、そこに軽く歯を立てられる。びくりと全身が震え、飯田の身体に縋るように、ジャケットの肩口辺りを掴んだ。左側を舌で丹念になぞられ、反対側を指先で押しつぶされる。なんのことはない愛撫。けれど気を緩めれば、身体は必要以上の反応を見せてしまいそうだった。

「つぅ」

唇を結び、目を閉じる。だが感覚が余計に鋭敏になった気がして、それを堪えるように更にきつく目を閉じた。ぴちゃりという音に、羞恥が増す。

探るように身体を辿っていた手が、不意に腰と床の隙間に差し入れられる。

「……——っ！」

力任せに腰を浮かされ、飯田の腰に押しつけられる。そしてその手は更に下へと向かい、スラックスの上から思い切り尻を掴んだ。

（なんだ、これ……何が……）

押しつけられた腰に当たる、覚えのある感触。既に反応を見せ固くなりかけている自分のものは、まだ判る。だが自分のものに押しつけられているものが、同じくらい固くなっているのはなぜなのか。

「え？　飯……くっ」

思わず問おうとすれば、舌で遊ばれていた胸先が強く吸われる。指先で弄《もてあそ》ばれていた方も強く摘まれ、痛みすら感じる程の快感に口を塞がれた。

じんと身体の中心に、痺れが走る。飯田も感じているのだろうか、そう思えば驚く程の歓喜が全身を満たす。実際に、こんなことになっても、木佐はこの行為がどこまで続くのか判らないと思っていたのだ。元々飯田は、男に興味があるわけではない。ならば勢いでこんなことをしても、反応などしないだろうと思っていたからだ。

なのに、今自分に押し当てられているものは、熱くなっている。飯田の気持ちがたとえどこにあったとしても、この状態だけで木佐は満足感を覚えていた。

もし、本当に一度だけでも身体に記憶が残るなら。期待が、罪悪感を押し流していく。

「ふ、あっ……ん」

ごそりと、身動ぎする。木佐の胸に顔を沈めた飯田の頭を抱き、自分から合わせた腰を擦り合わせるようにして揺らす。その動作に、一瞬飯田の動きが止まった。

我に返ってしまったかもしれない。そんな考えが、脳裏を掠める。だが次に動いた飯田は、無言で腰に回していた手を離すと、木佐のスラックスを下着ごと一気に引き摺り下ろした。

「……――ぁっ」

ひやりとした外気に、身が竦む。はだけたシャツと、脱がされたスラックス。ネクタイはいつの間にか解かれ、首に掛かった状態となっている。

「先輩……――」

唸るような声に続いて、飯田の手が中心に程近い内股にかかる。じっと見つめていれば、視線を合わせたまま、ゆっくりと肌を掌で辿られた。触れるか触れないかの、ぎりぎりの距離。ぞくぞくとした感覚に眉を寄せる。

そして膝辺りまで下がった手が、ぐいと膝を折り曲げ木佐の脚を広げる。全てを目の前に晒すような格好に、思わず両腕で顔を隠した。

「……っく」

腕の下で目を閉じたのと、ぴちゃりという音が響いたのは同時だった。中心が生温かく湿ったものに包まれ、びくっと腰が震える。舌でゆっくりと形を辿るような愛撫に、下半身を捩る。けれど、脚の間に身体を割り入れられ、しっかりと膝を押さえられている状態では身動きなど取れなかった。

「や、め……っそんな、こと」

しなくて良い、そう告げようとする。だが飯田は、無言で木佐の中心を口内に引き込む。亀頭を舌の先で割られ、腰が言いようもない感覚に包まれた。

「先輩、手、外して」

予想外にきっぱりとした声が耳に届く。一瞬躊躇い、ゆっくりと腕を外せば、木佐のものを再び咥《くわ》えた飯田が見えた。上目遣いに、木佐を見ている。

いつもの、黒い瞳。けれどそこに、今までになかった欲望が潜んでいるようで。それだけで達してしまいそうな程、身体がかっと熱くなった。

「あ、くっ……飯田、やめ……あっ」

思わずやめろと口走ってしまうのは、やはりどこか後ろめたいからだ。口腔《こうこう》で擦られるように飯田の動きが激しくなり、自然と腰が浮き上がってしまう。促すように先端に軽く歯が立てられ、内股をさらりと撫でられた感触に、堪えていたものが一気に解けた。

「く……——っ！」

声を押し殺し、びくびくと震える腰を必死に抑えようとする。断続的に放出するそれを吸い出すようにされ、思わず飯田の髪を掴んだ。

そして、全てを吐き出した後。肩で息をする木佐の上から、ゆっくりとした動作で飯田が身を起こす。顔を上げ、ぐいと乱雑な動作で濡れた口元を拭った。

かちり、と音がしそうな程のタイミングで、視線が合う。

そこに野生の獣のような激しさを秘めた瞳をみつけた瞬間、木佐は狙われた獲物のように身動き一つすることが出来なくなった。

自分の身に、何が起こっているのか。

馴染んだ自分の部屋なのに、どこか別の場所にいるような感覚に襲われながら、木佐は頭の隅でぼんやりと考えた。真っ暗な寝室の中には、ベッドの軋む音と、二人分の息遣いだけが響いている。

「う……くっ、あ……」

ベッドヘッドに背中を預けて座っている飯田の脚を跨《また》ぎ、木佐は向かい合う形で膝立ちになっていた。飯田の首に回した腕で抱きつくようにしながら、後ろで飯田の指を飲み込んでいる。徐々に、膝から力が抜けていきそうになるのを、抱きついた腕で支えることで堪えた。身体の中に埋め込まれたごつごつとした指と、時折宥めるように木佐の腰を撫でる掌。それらの感触に、木佐は、今までになく身体が疼《うず》くのを感じていた。

「あ……んぅ……」

与えられる刺激に、上がりそうになる声を飲む。

これまでの誰と身体を重ねた時よりも、快感は深い。鋭敏になりすぎた感覚はいっそ苦しい程で、些細な愛撫すら木佐の身体を震わせた。

(気持ち良い、のに……)

しかし一方で、どうしても溺れ切れない自身を自覚し、声を殺す振りで唇を噛む。

罪悪感と後悔、そしてこの熱が冷めた時への恐怖。それらがない交ぜになって、木佐の感情を掻き乱す。何もかも忘れて、この熱に溺れ切ってしまいたいのに。そんな焦燥にも似た気持ちを抱えながら、飯田の首に回した腕に力を込めた。

素直に声を上げることが出来ないのも、飯田が正気づいてしまうことが怖いからだ。

「声、出して」

耳元で囁かれる、低く優しい声に泣きたくなる。激しさを秘めた瞳とは裏腹に、木佐に触れる手は優しく……どこか怯えを孕《はら》んでいるようだった。

あれから木佐を寝室に連れて行った飯田は、ベッドの上でもつれ合うような口づけを繰り返した。どちらからもやめようという一言が出ないその行為は、徐々に先へと進んでいった。

そして、飯田の手を取り自身の後ろへと導いたのは、木佐だった。

その一瞬だけ、飯田は躊躇うような表情を見せた。当然だろう。経験もない、恐らく興味もなかったであろう男に何をやらせているのか。自嘲しながらも、木佐は飯田をベッドに座らせると、自ら準備を整えるように指で後ろをほぐしていったのだ。

「く、ふぁ……そ、こ」

「ここ？　ああ、ここか」

だが、飯田がそれを見ていたのは最初の数分だけだった。息を呑むようにして木佐を見た後、すぐに木佐の指に自分の手を添えた。ゆっくりとした動作で木佐の指を引き抜くと、潤滑剤に濡らした自らの指をそこへと埋め込んだ。

そして、今現在。木佐の反応を見ながら体内の指を動かしていく飯田の動きは、的確だった。躊躇いさえ捨ててしまえば、覚えは早いのだろう。木佐の身体を傷つけないようにそっと、けれど反応を見せたところはしつこいくらいに弄《いじ》ってくる。

「も、いい。大丈夫……んぅっ」

指を押し込み、ぐるりと回した動きに、下肢が震える。既に木佐の中心は先走りに濡れ、飯田の脚を濡らしていた。膝に完全に力が入らなくなった頃、木佐がそう告げれば、ゆっくりと後ろから指が引き抜かれた。

「大丈夫ですか？　もう、平気？」

自分に抱きついてきていた木佐の身体を、両脇を抱えるようにして飯田がそっと引き剥がす。ぺたりと飯田の脚の上に腰を落とした木佐は、大丈夫だ、と顔を伏せたまま答えた。

木佐の身体には、シャツがかかったままになっている。脱がなかったのは、腕の傷跡を、飯田に見せたくなかったからだ。袖を抜かなければ見えない。そう思い、脱がそうとした飯田の手をこれだけは撥《は》ねつけた。

木佐を俯せに寝かせ、膝を立てさせる。浮き上がった腰を両手で掴み、飯田が自分のものを木佐の後ろに擦りつけた。固く熱い感触に、反射的に後ろが締まる。

「……――っく」

早く、と。言葉にならない声で誘う。心臓から血液が逆流してしまいそうな。そんな激しい胸の高鳴りに、手元のシーツを握りしめる。腰を掴んで支える力強い手が、言いようのない安堵感を木佐に与えているなど、当の本人は知りもしないだろう。

「いきますよ」

わざわざ前置きする律儀《りちぎ》さに、微かに頬が緩む。と同時に、ぐっと大きなものが後ろに入れられ、一瞬息が止まる。一息に先端を押し込まれ、衝撃と苦しさと痛みを、シーツに顔を埋めることで耐えた。

「つ痛」

奥歯を噛みしめ衝撃をやり過ごしていれば、飯田の微かな声が聞こえた。我に返り、ゆっくりと唇を開いて息を吐く。こちらが力を入れれば、それだけ中に埋めたものを締めつけることになる。吐けるだけ吐いた息を、今度は吸えるだけ吸う。そうやって繰り返していれば、徐々に身体から力が抜けていった。

「……——先輩、大丈夫？」

ゆっくりとさするように、掌が優しく背中を撫でる。木佐の息が整うまでじっと動こうとしなかった飯田に、頷きながら小さな声で大丈夫だ、と返す。

「もう、良い。動け」

こんな時まで、命令口調でしか言えない自分にばつが悪くなる。だが飯田はくすりと笑うと、ゆっくりと残りを押し込んできた。

「あ、く……っ」

ずるり、と。先程指で慣らしていたせいか、残りは割合すんなりと収まった。飯田の身体が後ろから覆い被さってきて、背中から抱き込まれる。シャツ越しでも、体温と鼓動が伝わってくるのが嬉しい。胸を塞いでいた甘く苦しい何かが、喉元までこみ上げてくる。そんな息苦しさを覚えた。

「先輩……先輩」

ぎゅっと木佐の身体に腕を回して抱きしめ、飯田が何度も繰り返す。何かを伝えようとする代わりに名を呼んでいるような、その声。

握っていたシーツを離し、身体に回された飯田の手を、宥めるように叩く。はっとしたような気配とともに、回されていた腕から少しだけ力が抜けた。

無言で、動くように腰を揺らめかせ促す。意図したことが判ったのか、飯田が上半身を起こし木佐の腰を掴んだ。

「ん、んっ……」

ゆっくりと途中まで引き抜かれたものが、同じ速度で埋め込まれる。ずるりと音がしそうな程のスピードに、もどかしさが増す。だが徐々に抜け出す長さと速さが増し、先端部分まで抜かれたものが一気に埋め込まれた時、木佐の全身がびくりと震えた。

「あっ！　く……っんぅ」

「っ……！」

固く熱いものが内壁を擦る感覚に、ぞくぞくと腰から背中へと快感が這い上がった。思い切り後ろを締めつけて堪えれば、飯田が背後で息を呑んだ。腰を支える指が、痛い程の力で肌に食い込む。

唇を結びシーツに顔を埋めて、呻きに近い喘ぎ声を漏らす。身体の中のものが、先程よりも大きさを増し、圧迫感とともに言いようのない愛しさが胸を満たした。

二人ともが、何も言おうとしない。何かを言えば、この空気が壊れてしまう。それが判っているから、甘い言葉も拒絶の言葉も飲み込んだ。

ただ、決してこの身体に刻まれた熱を忘れまいと。それだけを胸の中で誓う。

「は……ん、んっ」

次第に激しくなる動きとともに、身体が揺さぶられる。叩きつけられるように押し込まれ、奥まで辿り着いた先端が、内側を蹂躙《じゅうりん》する。溺れる人のようにシーツに爪を立てた木佐は、堪え切れなくなり、自身の中心を掌で包んだ。

しとどに濡れたそこを握りしめれば、不意に木佐の手の上から飯田が手を添えて握りしめてくる。ぎゅっと力を入れられ、飯田が自身を奥まで押し込んだタイミングで、後ろが締まった。

「く……っ」

耳元で聞こえた、堪えるような呻き声。それに煽《あお》られるようにして、中心を掴んだ手をゆっくりと動かす。最初は木佐の手に添えるように動いていた飯田の手が、やがて木佐の手を使って扱《しご》き上げるように動き始めた。

「あ、あっ……く、飯田っ」

後ろと前とを同時に責められ、木佐が合わせるように腰を蠢《うごめ》かせる。揺れる身体に合わせて、疼く胸先を反射的にシーツで擦った。後ろで、そんな木佐の様子を飯田がじっと見ている。

「先輩、このまま……——っ」

「ん、んっ……んー……っ！」

唇を噛みしめ、最後の階《きざはし》を駆け上る。体内に埋め込まれたものがびくびくと跳ね、その感触にたまらず後ろを引き絞った。飯田が達したことを感覚で知り、ふっと身体から力が抜ける。

腰の震えが収まった頃、ゆっくりと後ろから飯田のものが引き抜かれ、腰を下ろされる。今まで入っていたものがずるりと抜け出す感覚に、小さく声が漏れた。

仰向けになり、ベッドの上に寝転がる。肩で息をしながら、膝をついてこちらを見下ろしている飯田と、視線が合った。前を開いたシャツに、濡れた下半身を晒した木佐の姿を捉えた瞳が、苦しげに歪む。

「先輩……」

飯田の唇が、何かを言いかけて、再び結ばれる。後悔しているのだろうか。少なくとも、こちらを見る飯田の顔に喜びは見い出せず、ふいと顔を背けた。

「——夢だと、思えば良い」

これは、悪い夢なのだと。そうして、明日の朝には忘れてしまえばいい。お前のせいじゃないと暗に告げながら、身体を起こそうとする。ぎしりと音がし、ベッドが揺れた瞬間、だがなぜか木佐の背中は再びベッドへと押しつけられていた。

「え？」

「夢に、したいなら。それでも良いです」

「……飯田？」

上から覆い被さってきた飯田に、瞠目する。なかったことにしたいのは、お前の方だろう。そう言う間もなく、無言で落ちてきた口づけに唇を解いた。

「ふ、は……ふっ」

舌を絡め合い、時折息をするようにわずかに離す。それを繰り返しながら、木佐はぼんやりとした頭の中で、どうしてこんなことになっているのかと考えた。自分の行動も、飯田の行動も。互いが何を思っているのかも判らず、流されるままに身体を重ねている自分達は、ひどく不安定な場所にいるのだろう。

「……――」

寝室を満たす、水音。飽きずに繰り返されるキスに息苦しくなってきた頃、飯田の唇が小さく動いた。けれど、声はそのまま木佐の口内に消え、音が耳に届くことはなかった。

いつも、自分は飯田の言葉を聞き逃してしまう。そう思いながら、せめて今この時、言葉にしなければ一回だけ気持ちを伝えても良いだろうかと考える。

ずっと、ずっと。好きだったのだ。

これで、最初で最後にするから。そう自分に言い訳をしながら、ゆっくりと自分から口づけを解く。じんと痺れた唇が、熱い。

「……——先輩？」

額をつけ、飯田がこちらを窺うように見る。その表情は、なぜかひどく困惑しているようだった。温かな体温に背を押されるように、ゆっくりと飯田から顔を離して見つめた。

自分が、今にも泣き出しそうな顔をしているなど、木佐には判らない。ただ、胸にあふれる気持ちを持て余しながら、唇を噛みしめているだけだ。

そして再び顔を寄せ、唇を合わせる瞬間、木佐は音にならない声で想いを唇にのせた。


低い、何かの振動音がする。

深く沈んだ暗闇の中でそれを捉え、木佐の意識は急速に覚醒した。だが目を開こうとした瞬間背後にあった温かな感触が離れ、そのまま動きを止める。

（そうだった……——）

隣には、飯田がいたのだ。よく聞けば、低い振動音は携帯のバイブレーターらしかった。聞き慣れたものとは違っているため、飯田のものだろう。ベッドの下に脱ぎ捨てたスーツから、携帯電話を取り出す音がする。

「はい……――はい、判りました」

低い声で、飯田が答える。事件の連絡なのか、電話に向かう真剣な声に、木佐は目を閉じたまま寝た振りを続けた。

どのみちここで木佐が起きれば、飯田は何かを言わなければならなくなる。そんな時間を取らせるわけにはいかなかったし、木佐自身、今飯田と向かい合って何を言えば良いのか判らなかった。

通話を切る音の後、服を着る音が続く。それらの音が途切れた後、小さな溜息が響いた。

「……――くそ。こんなつもりじゃなかったのに」

苛立ったような苦々しげな声に、目を閉じたまま息を呑む。微かに聞こえた言葉には、はっきりと後悔の色が窺えた。落ち着け、と自分に言い聞かせながら、布団の中でシーツを握りしめる。

そしてしばらく――実際には、数分だっただろうが、そこに立ち尽くしていた飯田が、ごそごそと何かを始める。びりっと紙を破る音が続き、やがて足音を立てないようにそっと部屋から出て行った。

ぱたりと扉が閉まり、寝室の中に静寂が戻る。身動きせずに耳を澄ませていれば、玄関の扉とオートロックの鍵が閉まる音が聞こえてきた。

「……――」

むくりと身体を起こし、ベッドヘッドに背を預ける。視界に入った白い袖に、ふっと苦笑した。結局木佐は、最後、身体を拭かれる時もシャツを脱がなかった。

「まあ、予想通りか」

朝になって、改めて考えれば当然のことだった。飯田が木佐を抱いて後悔しないはずがないのだ。友人で、しかも男同士なのだから。

『先輩……――』

幾度も耳元で繰り返された声が、脳裏に蘇る。あれから再び、木佐と飯田は身体を重ねた。ゆうべは、多分飯田もどこか雰囲気に飲まれていたのだ。引くに引けない状況も、それを手伝ったのだろう。

『ん、んっ、そこやめ……っ』

前から埋め込まれ、同時に舌で胸を弄られ。再度シャツを脱がそうとした飯田の手を拒めば、更に激しく揺さぶられた。

脚を肩に担ぎ上げられ、上から押し込まれれば、今まで感じたこともない奥まで飯田が入ってくるようだった。不安定で、怖くて。でも幸せだった時間。

それも、目が覚めると同時に終わりを告げた。

「そんなつもりじゃ、か」

じゃあ、どういうつもりだったのか。などと、木佐に聞く権利はないだろう。流されるようにして、飯田を巻き込んだのは自分だ。

最後に、ぐったりとベッドに伏せた木佐の身体を拭いたのは、飯田だった。もう力が入らずされるがままになっていたが、その時の手つきも慎重で優しかった。

辛いだけの記憶にならなかっただけ、良いとしよう。多分、飯田はもう木佐の前には顔を出さないはずだ。それで良かった。

「はっ、どこのヒロインだ」

いつまでも、感傷に浸っていても仕方がない。自身を笑い飛ばすと、ベッドから降りた。がくりと一瞬膝が折れそうになり、苦笑する。

「やりすぎだ、馬鹿」

腰に力が入らない。それがたまらなくおかしくて……胸が詰まる程、悲しい。

あれは、束の間の夢だったのだ。目が覚めてしまえば、全てが消えてしまう。そんな儚い時間だったのだから。息苦しさに震えそうになる唇を、ぎゅっと引き結ぶ。

「……――?」

ふと、サイドテーブルの上に、白い紙が置かれていることに気づく。そういえば、さっき飯田が何かを破っていた。それを思い出し、二つに畳んだ紙を取り上げ、開く。

「……――え？」

そこに書かれた文字を見て、思わず声を上げる。

『話があります。今晩、また来ます』

端的な文章に、眉を顰める。一体、何の話があるというのか。もう会わないだろうと思った直後だっただけに、途端に落ち着かなくなってしまう。

ゆうべの、ことだろうか。それならば、謝るのも謝られるのも勘弁して欲しかった。

「どうせなら、用件まで書いていけ、馬鹿犬」

言いがかり以外の何物でもない文句を言いながら、木佐は再び顔を合わせなければいけない憂鬱さと、わずかな安堵感とともに、小さな紙をくしゃりと握りつぶした。


「あの、木佐先生……」

「んー？　何、朋君。あ、そうだ。悪いけどついでにこれ、成瀬に持っていってくれるかな。書類仕事の手ぇ抜くな馬鹿、って伝えて貰える？」

にっこりと笑って書類を差し出せば、口元を引き攣らせて、朋が受け取る。この事務所では、数時間おきに手の空いた方の事務員が全員分お茶を入れて配る。丁度三時を回った頃朋がコーヒーを入れ、持ってきた。

木佐の執務室は、普段と変わらず机の上にだけ書類が積まれている。けれど、その雰囲気はぴりぴりと張りつめていた。……――いや、空気が冷たいと言った方が正しいかもしれない。

「ええと、先生」

「何？」

コーヒーカップをのせてきた盆を脇に抱え、朋が口ごもる。ノートパソコンのキーボードをやや乱暴な手つきで打ちながら返事をすれば、意を決したように「あの」と続けた。

「何かありましたか？」

打ち込んでいた手がぴたりと止まる。

「何もないよ？」

にこりと微笑む。それを見た朋が、溜息をつきながら肩を落とした。その様子に、思わず苦笑が浮かぶ。

「何もないから、腹立たしいんだけどね」

さらりと付け加えれば、「え？」と朋が顔を上げる。それに、いいや、と返した。

あの日の夜、結局飯田からは連絡がなかった。三日経っても携帯に連絡一つ入る様子はなく、なんだかんだと言いながら待ちわびている自分に腹が立ってきたのだ。

身勝手なのは判っている。だがあんなことの後であんな紙を残されて、気にせずにいられる程気持ちは割り切れていない。

話の内容が判らないまま、宙に浮いているから余計だった。

(まあ、忙しいんだろうが)

出て行く時に呼び出されていたあの時、担当している事件で何かあったのだろう。かかり切りになれば、数日は平気で帰れなくなる仕事場だ。電話をする余裕がなくなるのも、想像に難《かた》くない。

「まあ、僕のことは気にしなくてもいいよ」

本当になんでもないから。そんな木佐に、朋は曖昧に頷き小さく微笑んだ。

「みなさん、心配しています。何もないなら良いですけど、もし何かあったら、成瀬先生には相談して下さい」

「ありがとう」

まあ、こんなこと死んでも成瀬には相談なんか出来ないが。どうせ馬鹿にされて終わりだろう。そう思っているのが通じたのか、朋が、笑ったまま困ったように眉を下げた。

恐らく、成瀬から様子を見てこいとでも言われたのだろう。笑ってはいるが、心配してくれていることは表情や声から判る。その気持ちをありがたく受け取りながら、机に置かれたコーヒーを一口飲んだ。

「そういえば朋君、司法書士の資格とるんだって？」

「あ、はい。まだこれから勉強を始めるところなので、いつになるかは判りませんが」

先日成瀬に聞いた話を持ち出せば、朋が、躊躇いながらも頷いた。今まで現状に甘んじることで精一杯だった青年が、目標を持った。飯田のことは脇に置き、そのことに素直に喜びを感じながら、木佐は微笑んだ。

「大丈夫だよ。仕事に関連することだし、事務所でも空いている時間があったら勉強していていいからね。判らないことがあったら、成瀬にでも僕にでもいつでも聞いて」

折角利用出来る環境があるのだから、学べるところから学べばいい。そう言えば、朋が嬉しげにありがとうございますと頭を下げた。

「まあ、成瀬に聞くと勉強どころじゃなくなるかもしれないから、気をつけて」

「……は、い」

さらりとからかえば、言葉を詰まらせた朋が気まずげに俯く。その顔が赤くなっているだろうことは明白で、少しだけ気分が浮上する。

「そういえば、飯田さんも先生達と同じ大学で、法学部だったんですね」

不意に思い出したように言った朋に、「ん？」と首を傾ける。

「成瀬に聞いた？」

「あ、はい。俺、成瀬先生や木佐先生みたいに、法学部に行く人は、弁護士とか検事とかそういった仕事につく人が多いって思い込みがあって」

「あはは、普通はそうだろうね。あいつはまあ、元々刑事になりたかったみたいだから」

実家の剣道道場に、元生徒だった警察官などが時折稽古に来ていたことも影響しているらしい。最初は剣道が出来るからという理由が大きかったらしいが、徐々に興味を持っていったと昔話していたことがある。

法学部に入った理由は、あえてぼかした。朋は気づいたのか気づかなかったのか、その部分には触れずに続けた。

「先生は、どうして弁護士になろうと思ったんですか？」

「僕？」

はい、と答える朋に、懐かしい質問だと目を細める。思い出したのは、大学時代。少し違うが、同じような質問を飯田にされたことだった。

『先輩は、どうして弁護士を選ぼうと思ったんですか？』

法曹界に関わると言っても、職種は様々だ。弁護士か、検事か、裁判官か。最終的に目指す方向は、司法修習後の試験に受かった後で決めることが出来る。昔から漠然と自分は弁護士を選ぶだろうと思っていたが、実際に選択の時が近づくにつれ迷いが出てきたのも事実だった。

人を裁く側に立つか、護る側に立つか。

弁護士が護るべき人間が、いつでも常識に照らし合わせて正しいことを主張をするわけではない。みな、自分の主張や権利を守るために弁護士を雇うのだから、それは当然だ。非常識なことであっても、仕事になれば受けなければならない時がくる。それがどんなに利己的なことであっても、それを主張する、その行為自体はその人の権利なのだから。

問題は、自分がそのためにどれ程の情熱を傾けられるかだった。そしてもしかしたら、真実を追究する方が自分に向いているのではないかという思いもあった。

『なんでだろうな。向いているのかも判らないのに』

何気ない一言は、相談でもなんでもない、ただの愚痴、もしくは泣き言だった。だが飯田はそんな木佐の言葉に、表情一つ変えず言ったのだ。

『先輩は、向いていると思いますよ』

なんの根拠があるのかと思う程、きっぱりとそう告げた飯田に呆れ、そして笑った。自分の迷いなど、馬鹿なことでしかないのだと言いたくなる程、その声はなぜか自信に満ちあふれていたからだ。

どうしてそう言い切れる。そう問えば、飯田はなんの気負いもなく言った。

『優しいけど、同じくらい、厳しいから』

多分、自分の道を決めるために最終的に背を押したのは、その一言だ。飯田がどういうつもりで言ったかは知らない。けれどその言葉は、深く木佐の胸に届いた。

「一番は環境だろうね。でも、決める時は迷ったよ」

「え、そうなんですか？」

驚いた様子の朋に、そりゃあね、と笑う。

「まあ、道を決める時は、色々迷うものだと思うよ。結局はこの仕事を選んだけど」

だから、たくさん悩んでこれからの道を決めると良い。そう締め括った木佐に、朋は「はい」と真剣な面持ちで頷いた。

「木佐！」

突如、勢いよく執務室に成瀬が入ってくる。常になく慌てた様子に眉を顰めれば、ただならぬ気配を感じたのか、朋が微かに身を固くした。

「どうした？」

事件や事故でもあったのか。不吉な予感に襲われ、立ち上がり、厳しい顔つきで木佐の机に手を突いた成瀬を見返した。

「飯田が、捕まった」

「……——は？」

一瞬、何を言われたのか理解出来なかった。なんの反応も返せず動きを止めれば、朋が遅れて慌てたように声を上げる。

「え、飯田さんが捕まったって……」

ちらりと朋の方を見た成瀬が、すぐに木佐へと向き直る。

「捜査途中で行方をくらまして、翌日、被害者の家で捕まったらしい。容疑は、強制わいせつに、暴行、傷害」

頭の中が真っ白になったまま、茫然と成瀬を見る。どういうことだ。一体、何が。無言で混乱に陥っていれば、左肩を掴まれた。

「おい、しっかりしろ」

身体を揺すられ、はっと我に返る。じっとこちらを覗き込んできている成瀬に、茫然としながらも、悪いと呟いた。

「詳しいことはまだ判らん。別口で、あいつの同僚が連絡してきてな。とりあえず重要参考人扱いだったらしいんだが、被疑者に格上げだとよ。ともかく、飯田がうちに弁護を依頼してきた。受けるぞ」

「あ、ああ」

いいか、ともう一度念を押され、ようやく思考が追いついてくる。

(あいつが、逮捕？　馬鹿な)

ゆっくりと深呼吸をする。そして再び、机を挟んで正面に立つ成瀬を見た。

「悪い、大丈夫だ。とにかく、行ってくる」

この事務所で刑事事件を担当しているのは木佐だ。当然のごとく、なんの疑問もなく木佐は準備を始めようとした。だがそこで初めて、成瀬が困ったような顔で木佐を止めた。

「なんだ？」

「……――いいか、怒るなよ？」

わざわざ木佐に対して前置きをするなど、らしくない。言い淀む成瀬に、さっさとしろと急《せ》かす。態度はどうにか落ち着かせたが、一刻も早く警察署に行って何があったのかを確認したいのだ。睨みつければ、俺のせいじゃないからな、と苛立ったような答えと舌打ちが返ってくる。

「今回は、俺に任せたいって要望があったんだとさ……本人から」

「……っな」

その一言に、木佐が気色ばむ。上着を掴みかけていた手が椅子の背を掴み、ぎしりと軋んだ音を響かせた。柔らかいレザーに、指先が食い込む。

「どういうことだ」

無意識のうちに、声が低くなる。そこに飯田がいるかのように成瀬を睨みつければ、視界の端で、朋がびくりと肩を震わせた。それに構う余裕もなく成瀬を見続ければ、慣れた仕種で朋の肩に手を回した成瀬が、溜息混じりで左右に手を振る。

「知らねぇよ、俺に聞くな」

原則、木佐と成瀬が刑事と民事を分けて担当してはいるが、忙しくなれば互いにどちらもこなすことはある。そのため、成瀬に刑事事件を依頼出来ないということはない。飯田もそれを知っているから、成瀬の名を出したのだろう。

だが、基本的にどちらが刑事事件を担当しているか知った上で、あえて成瀬に頼むということは、木佐では頼りにならないと言っているも同然だった。

もし相手が飯田でなければ、そんなことは思わなかっただろう。けれど、この非常時に頼るのが自分ではなく成瀬なのかと思えば、わけもなく腹が立った。もちろん、成瀬より自分の方が優れていると思ってのことではない。成瀬の弁護士としての腕は、誰よりも信頼している。単純に、飯田が優先する人間が自分ではないことが面白くないのだ。

身勝手なものだ。つくづくそう思う。自分は、あれだけ飯田を突き放そうとしていたくせに。飯田に頼られないことが、悔しい。

「……——そうか」

ふっと、笑いが漏れる。おかしくもないのに、唇が笑みの形を刻む。報《しら》せを聞いた時の動揺は、跡形もなく吹き飛んでいた。成瀬を見れば、心の底から嫌そうな顔で木佐を見ている。

「お前、目が笑ってねぇよ」

怖ぇからやめろ。そう言われ、ふんと鼻を鳴らす。

「腹が立ってるからね、物凄く」

今度は顔全体に、あからさまに嘘臭い笑みを貼りつける。朋が気圧されたように一歩下がり、成瀬がうんざりとした声でおいおいと嘆息する。

「文句なら本人に言え」

「もちろん」

腹を立てること自体、馬鹿なことだと判っている。自分の我《わ》が侭《まま》だと理解していても、悲しみにくれるよりも先に怒りが一気に沸点まで達してしまった。飯田と顔を合わせることへの不安や気まずさなど、全て押し流されてしまっている。ふざけるなと心の中で飯田を罵り、これからのことを頭の中で思案した。

事務所として飯田の依頼を請けるならば、成瀬の代わりに木佐が行くことも出来るし、頼めば反対はされないだろう。だが依頼を請けた担当者からの自発的な要請がない限り、その方法は取りたくなかった。同じ事務所で仕事をする上での、暗黙のルールのようなものだ。

ひとまず、成瀬に任せるか。それが最良の方法だと判っていても、感情がなかなか納得してくれない。何がなんでも木佐が担当したい、というわけではない。ただ、一度だけでも直接会って話を聞きたかった。

仕方がない。

最終的にそう結論を出したところで、成瀬が見計らったように「けど」と言う。

「生憎、俺は来客の予定があってな。夜まで身体が空かねぇんだ」

ぱっと顔を上げれば、いつもの口調で成瀬が笑う。

「悪ぃが、ひとまず行くだけ行って話を聞いてきてくれ」

木佐の葛藤《かっとう》など見通していたようなその表情に、悔しがれば良いのか感謝すれば良いのか判らない。結局木佐は、苦笑とも困惑ともつかぬ複雑な顔で、「了解」と返した。


「……で、どうしてお前はだんまりなのかな」

沈黙が落ちる空間で、木佐は思い切り溜息をついた。見慣れた接見室で、木佐と飯田が向かい合って座っている。普段なら、話すのに邪魔だと思う程度の仕切り板が、無性に煩わしかった。きしり、と椅子が小さく音を立てる。

成瀬の代わりに現れた木佐に、飯田は小さく眉を動かしただけで、何一つ話そうとはしなかった。簡単な状況を聞く限り、飯田は、捕まった時からずっとこうして黙秘を続けているらしい。

窺うように視線をやれば、飯田は木佐を見ようとせず俯いている。そのことに、苛立ちと安堵を同時に感じ、木佐は自身を窘《たしな》めるようにもう一度溜息をついた。

（しっかりしろ、仕事中だ）

飯田の顔をまともに見られないのは、身体を重ねたあの夜の記憶が蘇ったからだ。怒りに任せてここに来たため、飯田を見るまでは意識していなかったのだが、接見室に入って顔を合わせた瞬間、気まずくなってしまった。

よく考えれば、身体を重ねたあの日以降まともに顔を合わせたのはこれが初めてなのだ。仕事中だという意識と、飯田の現状が木佐に平静さを装わせているが、心中は穏やかではなかった。

身体に残った幸せな記憶と、心に残った苦い後悔。

既に一線は踏み越えてしまい、残るのは、どこに続くか判らない道筋だけだ。そしてそれが、不安定な今の状況を作り出している。

(今は、事件のことが先決だ。他のことは考えるな)

もう一度、しっかりしろと自分を叱咤する。感傷に浸るのは後回しだ。弁護士としての自分に切り替えるように毅然と顔を上げ、「飯田」と強く名を呼んだ。

「一体、何があった」

同じ問いを、繰り返す。だが答えは返ってこず、視線も木佐から逸らされたまま戻らなかった。いつにないその反応に、木佐は目を眇める。何があっても正面から見据えていた瞳が、決してこちらを見ようとしない。

木佐を避けているのは一目瞭然だが、問題はその理由だった。

「俺じゃあ、話せないのか」

飯田は沈黙したまま、否定も肯定もしなかった。それは、多分肯定と同義だ。

飯田からの連絡がなかったのは、やはり会いたくなかったからか。あの直後は、混乱もあり話をしようとしていたのかもしれない。だが、冷静になったら顔を合わせ辛くなった。そんなところだろう。

「顔も見たくない、ってことか？」

やり切れなさを押し隠して問えば、はっと飯田が顔を上げてこちらを見る。だが、口を開く気配は見せたものの、結局は何も言わずに視線を逸らした。苛立ちから、次第に語気が荒くなる。

「顔も見たくないなら、それでもいい。だが、俺は成瀬の代わりに弁護士としてここへ来たんだ」

一度言葉を止め、落ち着けと自分に言い聞かせる。けれど、後から後から湧いて出る焦りや憤《いきどお》りは、収まらなかった。

「捜査中に、何があった。被害者は知り合いか？」

椅子から立ち上がり、まくし立てるように言う。普段ならば絶対に、自分から問いつめるようなことはしない。あくまでも、相手に自主的に話をさせるようにきっかけを与えるだけだ。それでも今は、決して何も言わない飯田に、自分を抑え切れなかった。

「成瀬先輩に、話します」

「……――っ!!」

小さく、しかし冷静な声が木佐の言葉を止める。

だんっと、気がついた時には仕切り板を思い切り拳で叩いていた。掌に爪が食い込む程強く、拳を握る。そうしなければ、もっと怒鳴り散らしてしまいそうだった。

握りしめすぎて血の気の引いた拳を、飯田がじっと見つめている。ぎり、と奥歯を噛みしめ衝動を堪えると、ゆっくりと拳を開いた。掌にくっきりと残った爪跡が、ちり、と痛みを訴える。

「……――俺は、そんなに頼りにならないか」

ずっと昔、一度だけ告げた言葉が、再び零れ落ちる。いつもそうだ。飯田は木佐の側にいても、根本的なところでは、絶対に頼ろうとしない。出会ってからずっと、木佐は飯田の問題を蚊帳《かや》の外で見ているだけだった。

だが一方で、昔はともかく今は当然かとも思う。友人としての繋がりは、昔、木佐が自ら断ち切った。再会してからは多分、成瀬の存在と、木佐が飯田のために怪我をしたという過去だけで繋がりを保っていたのだ。

鼻の奥が痛む。今、絶対に自分は情けない顔をしているだろう。自覚があるだけに顔を上げられず、俯いた。

「――すみません」

床を睨むように見ていれば、小さな呟きが部屋の中に落ちる。静かな、拒絶の声。それに答えを与えられず、木佐は、ゆっくりと目を閉じた。これが、現実だ。

「判った。悪かったな、余計な手間を取らせた。夜には成瀬が来る」

怒りも哀しみも押し殺し、努めて事務的な口調で言う。そうしなければ、声が震えてしまいそうだった。依頼は事務所で請けるが、弁護は成瀬に一任することを確認する。自分の気持ちが、制御出来ない。弁護士としてのプライドだけが、心のままに動くことを木佐に我慢させていた。飯田の顔は見ない。見れば、絶対に罵ってしまう。

「じゃあな」

そう言って背を向けた木佐に返ってきたのは、すみません、という言葉だけだった。

　数時間後、事務所に戻った木佐を迎えたのは、顔をしかめた成瀬だった。既に終業時刻は過ぎており、朋と榛名の姿はない。今の姿をあまり見せたくはなく、木佐はそのことにほっとした。

「なんだ。より一層、凶悪なツラになって帰ってきたな」

「うるさい」

じろりと睨めば、目で促すようにして木佐の執務室へと向かう。そこで話をしようということだろう。応接用のソファに腰を下ろした成瀬が、胸ポケットから煙草を取り出そうとして、やめた。この事務所では、成瀬の執務室以外禁煙にしている。理由は単純、木佐が煙草を吸わないからだ。

「いいよ、今日は許してやる」

そう言えば、小さく肩を竦め煙草を咥えた。けれど、火はつけようとしない。

部屋の奥、執務用の机に鞄を置いた木佐は、そのままソファに座る成瀬の方を向くと、机に軽く腰を預けて立った。

「で、どうだった」

「お手上げだ。俺じゃあ、役に立てないみたいだよ」

飯田にはっきりと拒絶され傷ついた心の内は隠し、嘆息しながら状況を話す。

接見の後、担当刑事のところへ行って話を聞いてきた。捜査一課の刑事にも会い、話が微妙な線で停滞していることを知った。そもそもが、警察内部の人間の不祥事だ。扱いは慎重だった。

話を聞いた中で、所轄署の刑事はともかく、少なくとも飯田の同僚である捜査一課の刑事は、事件自体に懐疑的なようだった。

最初は、飯田が捜査途中で行方をくらませたことから始まった。その日の夜、所轄署の刑事と捜査線上に浮上した重要参考人の足取りを追っている最中、飯田が数分だけ電話をかけてくると携帯を片手に車を降り、そのまま姿を消した。

以降、携帯も繋がらなくなっていることに不審なものを感じ、待っていた刑事は捜査本部に連絡を入れた。交替の人間が来た後に付近も探したが、住宅街で道も入り組んでおり、結局見つからなかったらしい。

そして翌日、近所の派出所に匿名で通報があった。マンションの部屋から、人の悲鳴のようなものが聞こえてきたと。男の声で、用件と場所だけ告げられ切られた電話に、派出所の警官はひとまず該当する場所に行ってみたのだという。

マンションに辿り着き、三階の指定された部屋に行き、インターフォンを押した。と同時に女性の悲鳴が聞こえ、慌てて家へと押し込んだという。鍵は開いており、中には服を破かれ、暴行を受けたと思われる傷がある女性と、その肩に手をかけている飯田の姿があったらしい。

女性は、飯田が突然家に押し入ってきて殴られたと証言した。服を破られ、最後まではされなかったものの身体を触られた、と。その後重要参考人として連行された飯田は、なぜか取調べで黙秘を貫いた。何を聞いても答えず、結果、被疑者となってしまったのだ。

「――そりゃあ、また」

成瀬が、困惑した声を上げる。取調べをした刑事の話では、今回の件で、被害者の証言と部屋にいたという事実以外の物的証拠は見つかっていないらしい。逆を言えば、容疑を否定する証拠もない。

証言には、別段おかしな部分もない。本人がショックを受けていることから、弁護士が間に入ってはいるが、筋道は立っているという。

そして、飯田は黙秘を続けている。自分で自分の首を絞めているようなものだった。

「まあ、突発的な犯行っていうなら信憑《しんぴょう》性もあるか。お粗末だがな」

呆れ混じりの成瀬の言葉に、木佐は本当にね、と返す。二人とも、飯田が本当にそんなことをやったとは、微塵《みじん》も思っていない。ただ、本人が喋らないことには何も出来ないのもまた事実なのだ。

「多分、お前が行けば、あいつも喋るだろう——頼む」

堪え切れず、苦々しげな声が出てしまう。すみません、と言った飯田の声が耳に残って離れない。あそこまではっきりと拒絶されてしまえば、木佐にはもう何も出来なかった。あとのことは、成瀬に任せるしかない。

いや、と自身で訂正する。正確に言えば、飯田の相手は、だ。

「ったく、面倒臭えこと押しつけやがって」

文句は、飯田に対してだろう。こんな時でも口の悪さは変わらず、木佐はふっと笑んだ。素直じゃないのは、昔からだ。情に篤《あつ》いくせに、それを真っ直ぐに表に出せず、子供のような態度を見せる。

「まあ、折角の機会だから、報酬は一・五倍くらいにして取り立てるかな」

「そうしとけ。で、お前はどうするつもりだ」

木佐がこれで手を引くとは、全く思っていないらしい。成瀬の指摘に、参ったなと笑いながら降参するように両手をあげてみせる。

「あとは任せたって言っただろう？」

「お前がそれで、大人しくしてる性格かよ。何握って帰ってきた」

素直に吐け、という言葉に、たいしたことじゃないんだけど、と嘯く。

「被害者側の弁護士が、神城さんだったんだよね」

「……――おい」

低い声とともに、睨みつけられる。木佐が何をしようとしているのか、はっきりとではなくとも、悟ったのだろう。多分、それはそう間違っていないはずだ。

別に、危険なことをするわけじゃない。ただ、相手側の弁護士が顔見知りだったというだけだ。話がしやすくて良いことだと、木佐が笑う。

「つたく、何から何まで面倒臭えな、おい」

本当に面倒臭そうな成瀬のぼやきに、ともかく、と話をまとめる。

「あいつから話を聞き出すのは、任せたよ」

止めても無駄だと判っているのだろう、それ以上反対の言葉は、成瀬の口から出なかった。

何かあったら必ず連絡しろ、とだけ言って、ソファから腰を上げた。

「木佐」

ふと、成瀬が執務室を出て行く寸前で足を止める。そこにあった諭《さと》すような瞳は、前に一度だけ見たことがあるものだ。

「俺が五年前に言ったこと、覚えてるか？」

「……——ああ」

「なら良い。ま、後で後悔するようなことだけはすんなよ」

さらりと言い残した成瀬は、そのまま執務室を後にした。じっと閉まった扉を見つめていた木佐は、思わず苦い笑みを漏らす。

「逃げるのは、やること全部やってからにしろ、ね」

五年前、飯田を事務所に連れて来た成瀬に言われた言葉。当時反論出来なかったのは、逃げ回っている自覚があったからだ。恩義や同情で側にいられたくなくて、でも拒まれて友人ですらいられなくなるのも怖くて。結果、飯田の前から逃げ出した。

「ちゃんと、決着つけろってことか」

そうでなければ、こうしていつまでも振り回されてしまう。数日前の夜のこと、連絡すると残していったあの紙。婚約者のこと、飯田の気持ち。今の木佐には、何一つ判らない。

全てはっきりさせてしまえば、この気持ちに決着がつくのだろうか。ずっと、好きだったのだと。そう言ってしまえば。

耳に残る、飯田の声。あの夜木佐を抱きしめた手は優しく、一瞬想いが報われたのだと錯覚しそうになってしまう程だった。婚約者に対する後ろめたさはあるものの、飯田のこれからの人生を手に入れるのだから、見逃してくれとも思う。

全てを晒して、全てを壊さなければ、多分木佐は一歩も動けない。友人という関係を一度でも踏み越えてしまった今が、潮時なのだろう。

「当たって砕けろって言葉、嫌いなんだよなぁ」

まあ、この件が全部片付いたら一回砕けてみるか。気を取り直すようにひとりごち、目の前の事件に向かうべく意識を切り替えた。

身体が沈み込みそうな程柔らかい黒革のソファに腰を下ろし、木佐はちらりと周囲に視線を走らせた。どこかの企業の社長室を思わせるような雰囲気の執務室は、重厚さと金遣いが比例しているような感覚を覚える。

今木佐が座っているソファも、値は張るのだろう。だが、柔らかすぎる座り心地がどうにも好きになれなかった。好みの問題だろうが、適度な固さがある方が座りやすい。

壁に大きくとられた窓の向こうには、夜の闇に混じる街の光が見下ろせる。ブラインドを下ろしてはいるが、スラットが開かれているため、外が見えるのだ。同じ位の階層のビルが、少し離れた向かいに見える。

部屋の中には、窓を背にする形で執務机が置かれ、その向かいに応接用のソファとテーブルが配置されている。右手の壁一面に作りつけられた木製の扉は、表から中が見えないようになっているが、恐らく書棚になっているのだろう。

嫌いな雰囲気ではないが、好きだとも思えないのは、部屋の主に対する感情も交じっているからかもしれない。

そう、今木佐がいるのは、神城の事務所の執務室だった。

「ああ、待たせたな」

扉が開き、神城が入ってくる。立ち上がった木佐に、座っていて良いと掌で示す。そして自分も木佐の向かい側のソファに腰を下ろした。

「お時間を頂いて、ありがとうございます」

挨拶をして腰を下ろす。あれから、木佐は早速神城へと連絡を入れた。そしてアポイントメントを取ったところ、翌日の夜、神城の事務所へ来るようにと言われたのだ。

どうやらこのビルの最上階は、神城の専用となっているようだった。ビル内でも三フロアを神城の事務所が使用しており、他の弁護士などは下の階にいるらしい。事務所の受付を訪れ、この執務室に通された時、既にこの階には人気はないようだった。

「で？　お前から来るとは思わなかったな。なんの用だ？」

この間の夜のことを、当て擦っているのだろう。皮肉気な口調に怯むことなく、木佐は「仕事です」と告げた。

「先日、刑事に暴行されたという女性の弁護を引き受けたと伺いました」

「ああ、彼女のことか。相手は、飯田君だそうだね。捜査一課の刑事ともあろう者が、全く、どうしてこんな事件を起こしたのか」

やれやれと言いながら、神城が脚を組む。木佐に断ることもなく、胸ポケットから煙草を取り出すと咥えて火をつけた。

「被害者の方とは、お知り合いですか」

「答える必要があるか？」

神城の答えに、いいえと首を振る。

「まあ、良い。知人の紹介だ」

勿体ぶって言う神城に、それ以上追求することなく、そうですかと答える。その辺りの経緯は、今は問題ではない。いずれ、必要になった時に調べれば良いことだ。

「飯田の弁護は、うちの事務所が担当することになりました」

「飯田君は、黙秘だそうだね。何か喋ったのか？」

「いいえ」

結局、飯田は成瀬にも詳細は語らなかったらしい。そしてその上、木佐への口止めをしたのだ。微妙な表情で接見時のことを語る成瀬は、飯田に頼まれたことがある、と言っただけで後は言葉を濁した。

神城が、大げさに首を横に振ってみせる。

「そうか。被害者の気持ちも考えて、早く供述して欲しいものだ。罪を認めて償えば、相手方もそれ以上は望まないと言っておられることだしね」

白い煙が木佐の視界に入る。ソファテーブルの上に置かれた灰皿を神城の方へ押しやれば、ゆったりとした動きで灰を落とした。ひどく自信のあるその様子は、被害者側の言葉を全く疑っていないようだった。弁護士は、依頼した人間の代理人だ。もちろん依頼人の言葉を信じるところから始めるが、かといって鵜呑《うの》みにすれば良いというものでもない。

「こちらとしては、何があったかをきちんと突き止めた上で、対応を決めたいと思っています。そのために、お願いがあるのですが」

すっと背筋を伸ばして、神城を正面から見据える。

「被害者の方から、お話を聞かせて頂けませんか」

「何？」

目を眇めた神城に、木佐は「無理は承知の上です」と言い添えた。

「何があったのか、直接お聞きしたいだけです。神城さんにも、同席して頂けると助かります」

「お前はそれが通ると思っているのか？」

くっと、馬鹿にするような嘲笑が部屋に響く。どうして俺が、お前の頼みを聞いてやらなきゃならない、神城の声はそう言っていた。

「——お願いします」

伸ばした背筋を深く折り、頭を下げる。今は、どうやってでも神城に頼みを聞いて貰う他なかった。普段ならば頭を下げることなどしないが、飯田を助けるためだと思えば屈辱は感じない。執務室内の空気が張りつめる。

「随分都合の良い話だ。被害者の気持ちも考えているのか？　辛い目にあった上に、警察の事情聴取にも答えている。それで十分じゃないか。事件の経緯が知りたいというのなら、警察から聞けば良いだろう」

それに、と神城は続けた。

「どうも、お前は飯田君の犯行だと信じていないように見えるが？　彼が無実を主張したというのならともかく、言わないということは、否定出来ないということじゃないか？」

神城の言葉を、木佐は黙って頭を下げたまま聞く。間違ったことを言っているわけではない。神城が言っているのは、被害者側の弁護士としては至極当然のことだ。

「そちらが罪を認めた上での話し合いというのなら、私も尽力するが……罪を認めない上での話し合いに、応える義務はない」

「どうしても、聞いては頂けないですか？」

すっと頭を上げ、神城を真っ直ぐに見つめる。余裕の表情でこちらを見ている神城は、まるで目の前に差し出された獲物を、どうやって料理してやろうかと思案するような雰囲気を漂わせていた。

すんなりと聞いて貰えるとは、はじめから思っていない。ただ、神城の性格から考えて、自分にとって何かメリットがあれば動く可能性はあった。要求されるであろうものも、幾つか推測済みだ。問題は、その中からどれが選ばれるかだった。

木佐にとっては、賭《かけ》のようなものだ。勝つか負けるか。それは、運次第。

「――そうだな」

しばらく思案していた神城が、短くなった煙草を灰皿に押し込む。いとも簡単に押しつぶされた赤い火が、まるで今の自分のようで、苦さを感じる。

「考えてやらないことはない」

その一言に、顔には出さないまま安堵する。まず取引の場に引き摺り出さないことには、話にならないからだ。

「どうすれば？」

「お前、飯田君のことが好きなんじゃないか？」

突然の問いに、沈黙を守る。動揺はすぐに過ぎ去った。先日鉢合わせをした時に、感づかれたかもしれないとは思っていたのだ。神城は、こちらの反応を窺っている。

「あれは、昔からの友人です」

素直に認めるわけがないだろうと、心の中で毒づく。もちろん、表情は一切変えない。

「友人、ね。あの様子じゃあ、飯田君には言っていなかったようだな。お前の相手が男だってことも」

「言う必要のないことです。友人だからといって、何もかも話すわけじゃないでしょう」

「そうか。友人なら、気兼ねは必要ないかな。さすがに私も、他人の恋人なら遠慮しようと思っていたんだが」

そう言った神城は、「おいで」と木佐を手招いた。

白々しい。そう思いながら、立ち上がる。一番ありそうだと思っていた選択肢だけに、たいした驚きはなかった。神城の近くまで行くと、その場に膝をつくように指で示される。

「その気になった時の誘いを、無下《むげ》に断られたからな。あの時の言葉を謝罪して、私をその気にさせたら考えてやろう。あとは、責任を持って満足させてやる」

ソファの横の床に膝をつき、自分を見上げている木佐の頬を、神城が指先で撫でる。そのまま顎を掴まれ、上向かされた。

「やっぱり、身体はお前が一番だったな。女も、悪くはないんだが」

俺は、違いますけど。と、声には出さずに反論する。これまでで一番の快楽は、あの日飯田に刻み込まれた。気持ちは苦しかったけれど、幸せだった。本当ならば、これ以上誰かに身体を触られたくはなかったが、それが取引材料になるのなら惜しくはない。

「今回限り、で構いませんか」

「お前が条件を出せる立場か？　別に、悪い取引でもないだろう。お互いに気持ち良くなれて、お前は希望を叶えられる」

寛大だろうと言いたげな神城に、では、と付け加えた。

「ひとまず今日、貴方の条件を呑んだら、被害者の女性に会わせて頂けますか？」

「ああ、それは良いだろう。私も同席させて貰うがな」

「――判りました」

目を伏せ、すっと流れるような動作で頭を下げる。

「生意気を言いました。申し訳ありません」

「昔のお前は、もう少し大人しかったな。反抗したのは、あいつがいたからか？　それとも、それが本性か」

まあどちらでも良いと満足げに笑った神城は、そのまま木佐の髪を掴む。ぐい、と力を入れて頭を上げさせられた。腰を屈めて、顔を近づけられる。

「本性なら、上手く隠したものだ。すっかり騙されたな。まあ、意外とそういうのも嫌いじゃなかったが」

視線で示され、神城の膝の間へと立たされる。そのままじっとしている神城に、自ら顔を寄せた。口づける寸前、一瞬だけ木佐の動きが止まる。けれど迷いを振り切ると、そっと唇を重ねた。

「……っふ」

神城の肩に手をのせ、ソファに片膝をついた状態で口づけを繰り返す。やがて神城が木佐のネクタイを緩めシャツのボタンを幾つか外すと、愉快そうに笑う気配とともに、首筋に顔を埋めてきた。

「っ！」

きつく吸いつかれ、歯を立てられる。痛みに顔をしかめれば、ぴちゃりと音を立ててそこを舌で舐められた。快感からではなく、悔しさから呻き声が漏れそうになる。そこには、数日前に飯田がつけた口づけの跡が、うっすらと残っていたのだ。

「どうした、声を出さないのか？」

ぐいと大きく襟を開き、今度は鎖骨に同じように歯を立てる。そうやって数箇所に跡を残すと、満足したように顔を離した。

「相変わらず、跡がつきやすい。どうやら、少し前に誰かに抱かれたらしいな。跡が消えていないぞ」

「……──」

「さて、少しは楽しませて貰おうかな」

何も答えない木佐を気にした様子もなく、神城が木佐の肩を押し身体を下方へとやる。意図していることを察し、零れそうになる溜息を押し殺した。神城の膝の間で、床に膝をつく格好となる。

目の前にある神城の下半身に向かって手を伸ばす。ベルトを外し、ゆっくりとファスナーを開いて下着をさげる。外へ出てきた神城のものを軽く手で握って擦ると、後頭部へと掌が押し当てられた。

「しっかり濡らしておかないと、辛いのはお前だ」

言いながら、頭を神城の方へと引き寄せられる。抗《あらが》わずにゆっくりと顔を近づけると、神城の中心を舌で舐め上げた。多分、数日前までだったらなんとも思わなかっただろう行為が、今は吐き気がする程の嫌悪感を伴った。わずかに勃《た》ち上がりかけた中心を手で支え、口腔へと引き込む。

「……っふ、は……」

「つく、そう、いいぞ」

ぴちゃぴちゃと、静かな室内に水音と木佐の息遣いが響く。後頭部に当てられたままの神城の手が、後ろにひくことを許さず、息継ぎすらままならない。息苦しさから、うっすらと生理的に浮かんできた涙を見せたくはなく、顔を伏せ目を閉じた。

やがて、完全に中心が固くなった頃、神城が腰を動かし始める。木佐の口を使って扱き上げるような動きに、えずきそうになるのを必死で堪えた。

「……っく、いくぞ」

「つん、ん……っ」

さほどの時間もおかず、神城が極める。と、達しそうになった瞬間、髪を後ろにひかれ勢いで口の中から神城自身が抜け出した。

「……っ！」

微かな声とともに、顔にぴしゃりと神城が放ったものがかけられる。昔から、時折されていたことだ。何か気に入らないことがあった日は、木佐を抱いてこうして雄としての優越感に浸っていた。

「つくく、良い格好だ」

濡れた感触と、心を土足で踏みにじられているような不快感に、木佐が口元を歪める。その表情がまた神城の機嫌を良くしたようで、楽しげな笑い声が続いた。頬を撫でられ、かかったものを指先で拭われる。

「少しは、満足して頂けましたか」

投げやりな気分でそう問えば、そうだな、と答えが返ってくる。

「この間の分を、帳消しにしてやる程度には。まあ、本番はここからだ」

そう言って、木佐の身体を引き上げた瞬間、執務室に電話の音が響いた。

「なんだ、こんな時間に」

静寂を打ち破った突然の機械音に、二人ともが電話の方へと視線をやる。神城を見れば、仕方がないといった風情で、木佐の身体を押しのけた。素早く身支度を整えると、ソファから立ち上がる。

神城が背を向けると同時に、ジャケットの袖で無造作に顔を拭う。生臭い匂いがこびりついているようで、眉間に皺を寄せた。

「はい、神城法律事務所です」

外線だったのだろう、神城が事務所名を告げて電話を取る。どうやら電話の相手は知っている人間だったらしく、幾度目かの相づちの後、了承の返事をして受話器を置いた。

「すっかり興が削《そ》がれたな。悪いが、急用が入った。今日はこれでおしまいだ」

「……お約束の件は」

「たったあれだけで、請求する気か？」

楽しげに言う神城に、思わず歯噛みしそうになる。一刻も早く、真相を明らかにするための糸口を掴みたいのに。表には出さないようにしながらも、焦りで気持ちが逸る。

けれど、意外なことに神城が譲歩の言葉を続けた。

「まあ、今回の中断はこちらの都合だ。少しくらいは融通しても良い」

「では……——」

「被害者との面会の場は、設けてやる。日時は、明日連絡する。それから、近々仕切り直しに、次の機会を作ろう」

木佐が断るとは思っていないという様子で、神城が続けた。

「素直に受ければ、飯田君にとって悪い結果にならないよう取り計らってやる。起訴されるのと、不起訴になるのとでは、その後の待遇も変わってくるだろうしな」

ようは、木佐が素直に抱かれれば、被害者を説得して示談交渉にも応じるということだろう。強制わいせつなどの親告罪の場合、刑事事件としての手続きは行われるが、被害者側との示談が成立していれば不起訴になる可能性も高くなる。

「……——判りました。ありがとうございます」

誰が、起訴などさせるものか。絶対にその前に、真相を確かめてやる。

殊勝に頭を下げながら、心の中でそう誓う。昔はこうして、神城の言うことに素直に従っていた。あの時はただ面倒なだけだったが、今の木佐には、護りたい人のためという目的がある。

プライドなど、くそくらえだ。それで糸口が掴めるなら、頭でもなんでも下げてやる。そう思いながら、腹立たしさを堪えた。もちろん、あからさまにそれを見せるような真似もしない。

「そうやっていれば、昔のお前のようだな」

至極満足そうな神城の声を聞きながら、木佐は今も黙秘を続ける飯田へと思いを馳せた。

数日後。被害者女性と直接面会した翌日、木佐は執務室へ成瀬を呼び寄せた。

ここしばらく、成瀬も事務所を空けていることが多かった。昼間滞《とどこお》った業務は夜片付けているらしく、珍しく目の下に隈《くま》が浮いている。

木佐も生活としては似たようなもので、お互い事務所にいることはあっても、入れ違いになり全く顔を合わせていなかった。進展があれば報告する、それまでは各自で空いた時間に調査という方針であったため、特に問題はなかったのだが。

「相変わらずっていうより、だらしなさに拍車がかかってるけど。朋君に嫌われるよ?」

「うるせえ。ゆうべ惚れ直したって言わせたとこだ」

「……――たまに心配してやって、返ってくるのは惚気《のろけ》? なんか損した」

「悔しかったら、お前もさっさと身辺片付けろ」

久々に顔を合わせた途端交わされる会話に、緊張感は微塵もない。肩の力が抜けるのを感じ、ほっとする。このところずっと、自分のペースを忘れていた。そんな気がした。

「ま、じゃあさっさと片付けて、あの馬鹿犬を檻から出してやろうかな」

「出たら、いらんことに首突っ込まねえように躾《しつ》け直しとけ」

「それ、俺の仕事？」

小さく笑いながら、ちくりと針が刺したような痛みに耐える。あいつには、檻から出たらちゃんと待っている人間がいるのに。けれど、それを今考えても仕方がない。結局、自分がやることは変わらないのだからと、痛みごと余計な考えを押しやった。

互いに、応接用のソファに向かい合って腰を下ろす。

「まずは俺から。昨日、被害者の女性――羽田《はだ》さんに会ってきた」

表情を改め木佐が切り出せば、成瀬も脚を組んだまま黙って耳を傾けた。

「話は変わらずか？」

「ああ。警察で聞いた話と、寸分違《たが》わぬって感じだったよ。説明の順序立ては、神城さんがしたんだろうね」

木佐からわずかに視線を逸らしながら話す羽田の姿は、記憶を辿るというよりは、台本をそらんじているような印象だった。弁護人との打ち合わせを終え、アドバイスに従って話す被疑者や被告人などに、よく見られる姿だ。

「神城さんを紹介したのは、幼馴染みだったらしい。で、ここからが本題」

木佐はそこで一旦言葉を切ると、脚を組み羽田の様子を思い返しながら続けた。

「確かに、聞いていたように殴られた跡もあった。顔にも怪我をしたみたいでね、髪で隠れる場所だったけど、少し傷跡が残るそうだ」

腕や脚にも痣が出来ており、痛々しさは想像以上だった。幸い腹部などは殴られておらず、病院での検査でも内臓などに異常はなかったそうだ。一番深い傷は、顔を殴られた拍子に倒れ、脇にあったテーブルの脚にぶつけた時のものらしい。

「何が気になったんだ？」

促す成瀬に、ああ、と頷いた。

「自信を持って、っていう程ではないんだ。ただ、俺と神城さんだけで会って、あんまり怖がっている様子がなかったっていうのがね」

そもそも、担当している弁護士が神城という時点で、木佐は違和感を持ったのだ。

神城の事務所に男性弁護士しかいないのなら話は別だろうが、あそこには刑事事件専門の女性弁護士も数人いる。幾ら紹介されたのが神城だからといっても、事件の内容が内容だ、配慮して女性弁護士をつけるものじゃないだろうか。被害者とて、同性の方が話もしやすいだろうに。

それに羽田は、神城や木佐に対して、怯えているような素振りを見せなかった。むしろ神城に対しては、寄せている信頼感が判る程で、正直面食らったのだ。

見知らぬ男に突然部屋に押し入られ暴行を加えられた直後に、人目がある場所でとはいえ警戒する様子もなく異性と会えるものだろうか。

「人それぞれだし、信用出来る神城さんが同席していたから、大丈夫だと思っていたのかもしれないっていう程度だけど」

「まあなぁ。不自然っちゃー、不自然か？」

「試しに、髪にゴミがついているからって言って、触ってみたんだけど」

さすがに手を伸ばした瞬間は、身構える様子を見せた。だが、ゴミがついていると指摘すると、安心したように肩から力を抜いたのだ。あまつさえ「ありがとうございます」と微笑まれてしまった。

で、と先を続けた木佐は、自分の隣に置いた封筒をソファから取り上げ、机の上にぽんと置いた。成瀬の視線がそちらへ向かう。

「それ。超特急で頼んだ割には、良い出来だ。昨日の夜届いた」

「ああ、身辺調査か？」

封筒に書かれているのは、昔から懇意にしている調査会社の名前だ。出資者が木佐の血縁であり、信頼のおける会社でもある。頼んだのは、被害者の身辺調査。あれが飯田の犯行ではなかったとして、だが被害者に暴行を加えた者は確実に存在する。それを見つけ出すために、頼んだのだ。

「まあ、意外な結果が出たよ」

苦笑混じりになってしまうのは、報告書に予想もしなかった名を見つけたからだ。成瀬が封筒から書類を引っ張り出し、目を通す。報告書には、数枚写真も挟まれている。

「なんだ、被害者はいいとこのお嬢様か」

報告書を読みながらの成瀬の言葉に、頷く。

羽田は、割合大人しい感じの女性だった。背丈は百六十センチ程度、髪は肩より少し長い位のストレート。ぱっと見て美人という感じではなかったが、顔立ちは整っており、所作からも育ちの良さが窺えた。身につけているものも、シンプルではあるが高価なものばかりだった。唯一チープな印象を与えていたのが、石を連ねて作られた、ブレスレットと携帯ストラップだ。先日請けた依頼でもパワーストーンの話が出たことを思い出し指摘すれば、やはり羽田も占いに嵌《はま》っており、自分と相性の良い石で作られているのだと語っていた。

「そう。で、神城さんを紹介した幼馴染みっていうのが、神城さんの婚約者」

神城が政治家の娘と婚約していることは、以前伊勢から聞いていた。伊勢に連絡を取り聞いたところ、その婚約者の父親の名前が判ったため、調査会社へと伝えておいたのだ。

また羽田は、若干きな臭いトラブルを抱えていたようだった。

「男関係か」

「そういうこと。しかも神城さんへの依頼って、今回の件だけじゃなかったんだ」

成瀬に、紙をめくらせ次の頁を読むように促す。沈黙の後、ざっと目を通した成瀬が微かに眉を寄せた。その反応に、うっすらと笑みが浮かぶ。予想通りだ。

「聞いていたんだろう？」

「……――」

成瀬がすっと視線を逸らす。その態度に、わざとらしく一層笑みを深めてみせた。

「言わないと、何かするよ？　朋君に」

唯一の弱点をついてやれば、思い切り嫌そうに顔をしかめた成瀬が、諦めたように判ったよと両手をあげた。

「何かってなんだよ……ああ、ったく。聞いてたよ。つーか、それとなくそいつを探すように頼まれただけだ」

あっさりと白状したことに満足して頷く。成瀬自身、そこまで頑なに黙っているつもりもなかったのだろう。

「随分、懐かしい名前が出たね。同姓同名の別人かとも思ったけど、やっぱりそうか」

報告書にあったのは、羽田が以前付き合っていた男の名前だった。半年程前に男の浮気で別れたが、一ヶ月程前から、その男とトラブルになっていると周囲に漏らしていたらしい。

そして、友人に弁護士を紹介して貰ったとも。

つまり、羽田は当初別件——その男とのトラブルで、神城の婚約者を通して事務所を紹介して貰ったのだろう。

「古林、ねえ。それなりにいそうな名前だけど、本人？」

「じゃなけりゃ、あいつが探せとは言わねぇだろ、今更」

「まあね」

鼻を鳴らし、報告書を一瞥する。そこにあった男の名前は、十五年前、木佐の左腕に傷を残した男と同じものだった。報告書には、古林は現在、指定暴力団傘下の組の構成員になっているとあった。高校退学以降どういう道筋を辿ったのかは知らないが、あまり良い結果にはならなかったらしい。

「全く、十五年も経って、本当に今更だ」

「相当因縁があるんじゃねえか？　あいつとお前等」

「いらないよ、そんな因縁《もの》」

そんなものはお断りだと一蹴し、本気で嫌な顔をしてみせる。そして、あと、これは証拠があるわけじゃないけど、と前置きした。

「ちょっと探りを入れて貰ってね。彼女の件で、神城は一度だけ相手の男と会う予定を入れたらしい。さすがにそれ以上は無理だったけど、事務員さんが少しだけ口を滑らせてくれたそうだよ。うちの事務員さん達とは大違いだ」

そもそも、弁護士には守秘義務がある。弁護士自身でなくとも、その仕事に従事する以上そこは徹底して然《しか》るべきことだ。この事務所でもその辺りはきちんと説明しているし、信用もしている。人数が多くなれば徹底することが難しいのは当然のことだが、仕事柄、そこは雇用者の人を見る目にもかかっているはずだ。

「なら、古林と会っている可能性が高いか。神城が噛んでるってのは？」

成瀬の言葉に、どうだろうと首を捻る。

「ないとは言えないけど、直接は関わらない気がするんだよね。今回のことで危ない橋を渡る程、あの人にとっての利益もないし」

最低でも、飯田が古林を探せと言ったのなら、今回のことに古林は深く関わっているのだろう。黙秘を貫いているのは、現場で何かがあったからに違いない。警察はともかく、木佐や成瀬にも詳細を語らないというのが腑《ふ》に落ちないが、経緯からみて、被害者である羽田を庇っている可能性もあった。

（もしそうなら、とんだお人好しだ）

だからこそ、刑事という職業についたのかもしれないが。そう思い、再び報告書へと視線を落とした。

十五年前の出来事が、こんな形で再び目の前に現れるとは思わなかった。左腕の傷跡を、服の上からそっと押さえる。古い傷口を晒された気分ではあったが、思い出したという感覚はあまりない。長い間、この傷跡に捕らわれ続けてきたからだろう。木佐も、飯田も。

これは、チャンスなのかもしれない。自分達が立ち止まり続けた場所から、再び足を踏み出すことが出来る、多分、最後の。その後、友人に戻れるか決別するかは、その時になってみなければ判らないが。

「そっちの状況は？」

「芳《かんば》しくはねぇな。こっちも別口で調査を頼んじゃいたんだが」

言いながら、持っていた資料をこちらへ差し出す。頼んでいたのは同じ会社だったが、木佐には言うなと口止めしていたのだろう。成瀬が頼んできたことを一切こちらへ漏らさなかったのは、さすがの信用商売だ。

「どうも古林の奴、同じ組の兄貴分と揉めたらしくてな。姿をくらませて、逃げ回ってる最中らしい。みつかりゃしねぇ」

伝手《つて》を使って探しているが、どこかに身を潜めているのか、自宅やいつも出入りする場所には一切近寄らないのだそうだ。幾ら人を手配しても、民間では、探せる範囲にも限界がある。警察に言えば、話はもっと簡単なのだろうが。

「飯田が、黙秘を続ける理由、か。それが片付けば、おおっぴらに探せるってことだよね」

「ああ、そりゃあな」

「どうして喋らないか……その理由は、言わなかったか」

木佐の確認に、成瀬が頷く。そこだけは、どうしても言わなかったらしい。

「じゃあ、本当のことを知っているはずの人に喋って貰うしかないね」

どういうことだと訝しげに言う成瀬に、木佐はもう一つの報告書を取り出してみせる。被害者の分とは別に頼んでいたそれは、神城の身辺調査書だ。

「何か出ればと思って、念のために頼んだんだけど」

交渉材料が出来れば、御《おん》の字だ。そう思っていたのだが、これならば使えるだろう。言いながら報告書を差し出せば、成瀬が再び目を通した。

「それと、まあ、一応保険でもう一つネタは握っておいたから、婚約者の父親にでも送りつけるって言っておけば大人しくなるんじゃないかな」

報告書に書かれているのは、神城と暴力団との関わりを示すものだった。債務整理で訪れた依頼人に、暴力団と繋がっている弁護士を紹介し仲介料を受け取っていたり、組員の弁護に便宜を図ったりしているらしい。決定的な物証はなく、タイミングよく暴力団関係者との取引現場を写真に撮れた程度だが、スキャンダルを嫌う類の人間には多少なりとも効果があるだろう。

時間をかけ本格的に調べれば、まだ詳細な情報が引き出せるだろうが、今回はこの程度で十分だ。さほど問題にならなくとも、揺さぶれる程度の証拠があれば良い。

「これで、神城さんに被害者を説得して貰えば、話は早い」

「大人しく諦めるか？　恨むと根に持つタイプだろう、あれは」

嫌そうに顔を顰めている成瀬に、今更だよと笑った。

「この間、ストーカー扱いしたから、もう恨まれてる。それにあの人は、なんの利益にもならないことにそこまで心血を注ぐタイプじゃないよ。状況が悪くなれば、多分さっさと手を引くだろうね」

どのみち、自分には火の粉がかからないようにしているに違いない。何かあっても、自分だけは言い逃れが出来るようにしているだろう。

「話を聞いて、何が出てくるかだね」

「気をつけろよ。少なくとも古林の野郎は、何しでかすか判らん」

もし飯田が古林に嵌められたのだとすれば、木佐の前にも現れるかもしれない。成瀬の危惧に、判ってるよと返す。

むしろ自分のところに現れてくれた方が好都合だ。そんなことを言えば、また怒られるだろう。だが、木佐の表情で考えていることが判ったのか、成瀬が胡乱《うろん》な目つきで木佐を見返した。


昔、剣道部の道場で、稽古後に竹刀の手入れをしている飯田の姿を見たことがあった。

みなが帰った後の道場は静寂に満ち、その中に座る飯田もまた黙々と作業をしていた。ささくれた竹を替えて、柄革《つかがわ》をつけ。その後わずかな緩みもないように、弦《つる》を張っていく。ぴんと張りつめた、たった一本の細い紐。竹刀全体を支えるそれは、緩めば竹がばらばらになってしまう。背筋を伸ばし、無骨な指で丁寧に弦を張る凛とした姿は、周囲の空気すら研ぎ澄まされるようで、強く印象に残っていた。

今木佐と飯田の間にあるのは、まるであの時の弦のような、張りつめた細い糸だけなのかもしれないとふと思う。切れてしまえば、全てが壊れる。

再び訪れた接見室で、飯田と向かい合うようにして椅子に座った木佐は、やはり視線を合わせようとしない飯田に肩を落とした。

先日接見に訪れた時と全く変わらぬ態度に、判っていたことだと自身を戒める。

飯田にどう思われていたとしても、木佐の気持ちが変わるわけではない。飯田を助けたいという気持ちがある以上、成瀬に任せたまま傍観者となることなど出来るはずもないし、する気もなかった。たとえ、それを飯田自身に拒絶されても、だ。

(本当に、諦めの悪さに関しては、筋金入りだな)

内心で、自嘲する。もう何年もこの気持ちを抱えている時点で、相当なものだ。

幾ら神城に屈辱的なことをされたとしても、それが飯田を助けるための方法になり得るのなら構わない。もちろん、それで得たチャンスを無駄にもしない。

ただ、成瀬に任せると言った以上、こうして飯田に会いに来ることはすまいと思っていたのだが、今回はその成瀬から行けと言われたのだ。

飯田が木佐に黙っておきたかったのは、古林が絡んでいたからだ。それを知られた今ならば、木佐が行っても成瀬が行っても変わらないだろう。成瀬にそう言われ、まさか飯田との間にあったことを話すわけにもいかず、こうして来ることになった。当の成瀬は、引き続き古林の行方を追っている。

古林のことで木佐を気遣い、口を噤んでいたというのなら。木佐が事実を知ったと告げれば、飯田の態度も変わるのだろうか。ふとそんな益体《やくたい》もないことを思い、すぐにやめておけと意識を引き戻した。

期待しても、後が辛くなるだけだ。そう言い聞かせ、気を取り直すように背筋を伸ばす。

「成瀬じゃなくて、悪いな。今日は、確認だけしに来た」

前置きもなく話し始めた木佐に、飯田がちらりと視線を向ける。きちんと聞いていることを示され、報告書をひらりと翳《かざ》して見せた。

「懐かしい名前を聞いた」

そう言ったことで、木佐が古林の名を聞いたことを悟ったのだろう、飯田が音を立てて椅子から立ち上がった。

「まさか、話したんですか」

「成瀬が、なら違うな。被害者を調べたら出てきた。警察になら、まだ話していない」

その言葉にほっとしたように息をつき、再び腰を下ろした。

「それで、何があったかまだ話す気はないのか？」

「俺がやった、とは思わないんですか？」

問い返され、木佐は口を閉ざす。まさか、そんな根本的なことを聞かれるとは思っていなかった。

「俺が知りたいのは、こいつが関わっているのかどうかだ。成瀬には話したんだろう？」

溜息混じりで告げた木佐に、飯田が口を閉ざす。何を考えているか判らない表情で、視線を逸らしたままじっとしている。

「先輩は、もう関わらないで下さい。あと、外で余計なことを言わないで下さい」

「……――」

それっきり再び何も喋らなくなった飯田に、木佐は息をつく。ひとまず、飯田が反応したことで良しとしよう。そして、やはり飯田の態度が変わらなかったことに、ほらみろと自身をあざ笑った。

どのみち、木佐がこれからすることは決まっている。飯田が反応を見せたということは、こうなった状況に古林が関わっていたということだろう。ならば、推測もそう間違ってはいないはずだ。神城のところへ行く前に、一度確認したかった。それだけのことだ。

「判った、また来る」

それ以上かけられる言葉もなく、木佐はそう告げて接見室をあとにした。


神城に連絡を入れたものの、出張で留守にしており、約束を取りつけられたのは二日後のことだった。電話では相談があるとだけ告げ、話の内容については何も言っていない。最初は自宅を指定されたが、木佐が事務所でと譲らなかった。別にどちらでも良かったのだが、これは成瀬から反対されたのだ。実は今も、何かあった時のためにと、付近で車を停めて待機している。

「それで、相談というのは？　この間のことなら、条件は提示済みだが」

カランと涼しげな音が、執務室の中に響く。先日と同じように神城の執務室で、応接用のソファに向かい合って座っている。間にあるソファテーブルの上には、ウィスキーのボトルと、神城が手ずから注いだグラスが置かれていた。今日の仕事はもう終わりだから付き合えと、先程神城が持ってきたものだ。依頼人からお礼にと貰ったものらしい。

木佐は、グラスには手もつけないまま、鞄から先日の被害者女性に対する調査報告書を取り出し机の上に置いた。長々と世間話をする状況でもなく、さっさと話を済ませてしまいたかった。

「先日のお話について、条件を見直して頂こうかと」

「何？」

「そこに、被害者女性が男性問題でトラブルを抱えていたという調査報告があります。神城さんの事務所への依頼は、それが最初ですね？」

「知らんな。そもそも、依頼人のプライベートに関わることを、話せるわけがないだろう。お前も弁護士なら守秘義務があることくらい判っているはずだ」

グラスを傾ける神城に、そうですね、と頷いてみせる。

「飯田が、全て話しましたよ。ただ警察にはまだ話していません。神城さんから、彼女に本当のことを話すよう説得して頂けませんか」

飯田が全て話したというのは嘘だった。けれどそんなことはおくびにも出さず、木佐は平然と告げた。一瞬神城が目を瞠ったが、気づかない振りをする。

「ははっ、何か証拠でも出てきたのか？　彼女が飯田君を罠に嵌めたというのなら、それ相応のものがなければな。名誉毀損《きそん》でお前を訴える事も出来るぞ」

神城が、相手にしていないといった風情で楽しげに笑う。事件が起こってから今までの期間では、証拠など集まらないと踏んでいるのだろう。確かに、彼女が飯田を嵌めたという決定的証拠があるわけではない。あるのは推論だけだが、神城さえ動かせれば良かった。

「彼女とトラブルを起こしていた古林という男ですが、飯田とも多少因縁がありまして。飯田が、この件に古林が関わっていることを話しました。彼女に暴行を加えたのは、飯田ではなく古林だった。けれど報復を恐れた彼女は、居合わせた飯田に罪を被せようとした」

そこまで話すと、神城が口端を上げた。

「面白いな。なら、どうして飯田君は警察で黙秘を続けている？　濡《ぬ》れ衣《ぎぬ》なら、本当のことを言えば済むだろう」

「警察で話せば、聞かれたくない人間に聞かれてしまう。違いますか？」

話にならんな、と神城が肩を竦める。

「木佐、お前はもう少し冷静に対処する人間だと思っていたんだがな。好きな男を逮捕されて、我を失ったか？　馬鹿馬鹿しいにも程がある。おおかた、飯田君が喋ったというのも嘘だろう」

「俺のことをどう思おうと、ご随意に。けれどこちらも、貴方に戯《ざ》れ言《ごと》を言いに来る程暇があるわけではないんです」

嘲笑を躱し、神城の前に封筒に入れたもう一つの報告書を差し出した。神城の身辺調査の結果報告書のコピーだ。

「そこにあるものと引き替えに、彼女の説得を頼まれて下さいませんか。断れば、貴方の婚約者の父親にお送りさせて頂きます」

「……――」

黙って報告書を手にとった神城は、軽く目を通した後、ぽんと机の上へと放り出した。くだらないな、と笑う。

「この程度のこと、私が否定すればそれで終わりだ。取引材料にもならない」

「確かに、それではたいした証拠にはならないかもしれません。けれど、心証は悪くなるでしょうね。それから、これを」

言いながら取り出したのは、ICレコーダー。こちらは神城の反応を見て出そうと思っていたのだが、木佐は躊躇いなく翳してみせた。

さすがに不審そうな顔をした神城に、にこりと微笑んでやる。まさか、こんなものを木佐が残しているとは思っていなかっただろう。

「先日、こちらにお願いに来た時の一部始終を録音しています。万が一上手くいかなかった時のために、人に頼んで写真も残して貰いました。娘の婚約者が、男と身体の関係にある。父親は、どういう反応をするでしょうね？」

この間木佐が事務所を訪れた時、神城の事務所がある向かい側のビルから、調査会社の人間に頼んで現場の写真を残して貰っていた。ブラインドのスラットが開いていたため出来たことだが、予想以上に綺麗に写真が撮れていた。

「木佐、お前……——そんなもの、自分の首を絞めることになるだけだぞ」

ここへ来て初めて笑みを消した神城に、木佐は失笑する。自分でも、馬鹿なことだと判っている。これのことは、さすがに成瀬にも言っていない。けれど、木佐には確実に神城を動かす材料が必要だった。

「生憎、これじゃあ俺の首は絞まりませんよ。俺の性癖は、おおっぴらにしていないだけで、身内は知っています。仕事に関しても、貴方よりは欲しいものが少ない分身軽です」

「自己犠牲、か。あの男にそんなに惚れているのか？　あんな、直情型の犬みたいな奴に？」

その言葉に、木佐はすっと笑みを収めた。自分のことは気にならないが、飯田に対する侮辱には腹が立つ。飯田が犬なら、自分はしつこい蛇だろうと、ひとまず文句を心の中で吐き捨てた。

「どうとでも。俺は正直、あいつの無実が証明出来れば、被害者女性や貴方がどうなろうが構いません。やるとなれば、本気でやりますよ」

「弁護士にあるまじき台詞だな」

「それはこちらの台詞です」

反論しながら、神城を睨みつける。

「一つ、言っておきますが。俺に粉をかけても、政治的な伝手は一切ありませんよ」

神城が、木佐に再び言い寄ってきた理由。セフレのためではなく、どちらかと言えばそっちが本命だったのだろう。神城と再会したパーティーに木佐が出席していたことを知り、富裕層との顔繋ぎや伝手を期待して、再び関係を持とうとした。

それこそ、政治家の娘との結婚という最大の縁故が出来るのだから、それで満足していれば良いものを。そう思いながら、話を終わらせるべく続けた。

「上を目指したいのなら、これ以上俺達の前をうろつかないで下さい。その方が、お互い幸せですよ。よく言うでしょう？　二兎《にと》を追う者は一兎《いっと》をも得ずって」

睨みつけたまま静かに口元を引き上げた木佐に、神城が面白くなさそうな顔をする。そして、判ったよとあっさりと放り投げるように言った。

「今回は引いてやろう。お前の悔しそうな顔も拝めたことだしな」

「古林に入れ知恵をしたのは、貴方じゃないんですか？　彼女の件で、一度あいつと会っているはずです」

飯田と古林の因縁は、それこそ古林の経歴を調査すればすぐに出てくることだ。神城が下調べをしないわけがなく、それを知ったからこそ飯田を利用することを思いついたのではないだろうかと木佐は推測していた。

木佐の家に神城が現れたあの夜、木佐の、飯田に対する気持ちを見抜いたから。そして、飯田と神城の間に何か確執があったのだとしたら、その報復も兼ねて。あの日の二人の険悪な様子を鑑みれば、可能性は十分にありそうだった。

「さあ、それはどうかな」

木佐の問いをはぐらかした神城は、気を取り直したように自身の前に置いたグラスを再び手にとり、氷が溶けかけている木佐の前のグラスを視線で示した。

「ま、話はこれで終わりだ。せめて酒の一杯位付き合え」

そう言う神城に、木佐は微動だにしないままそうですね、と笑った。そして、すっと指先で神城が持つグラスを指差す。

「今、神城さんが飲んでいるそれを頂けるなら、喜んで」

木佐の前に置かれたグラスに、手をつけなかった理由。単純に警戒していただけであったが、神城がわずかに目を見開いた後小さく舌を打ったことで、それが正しかったことを知る。多分、飲んではまずいものが入れられていたのだろう。例えば、睡眠薬のような。

狙いは、まあ今回の木佐と似たようなものだ。

「昔の方が、まだ可愛げがあったな」

グラスを傾ける音とともに耳に届いた苦々しげな声に、木佐は白々しい笑みを返すと、事務所を後にした。

「これで一件落着、か？」

やれやれと首を曲げて音を鳴らした成瀬に、まだだよ、と釘を刺す。

「古林が見つかっていないからね。あいつが見つからないことには、事件自体は解決しないよ」

事務所の事務員用の机があるスペースで、朋が入れたコーヒーを飲みながら木佐がのんびりと告げる。ひとまず状況が落ち着いたことで、朋達に簡単な経緯を報告していた。特に告げる必要はなかったが、この件で心配をかけていたのは判っていたため木佐が進んで朋達に話をしたのだ。

口も挟まず聞いていた二人は、飯田の無実が確定したと聞いて、ほっと安堵に胸を撫で下ろしていた。さすがによく知る人物のことだけあり、気が気ではなかったのだろう。木佐と成瀬もこれまでになくぴりぴりとしていたため、迷惑をかけてしまったと今更ながらに思った。

あの後、神城の説得に応じ、羽田が警察へと出頭した。

やはり、飯田を嵌めたのは古林だったらしい。

羽田が古林と出会ったのが、一年前。大学時代の友人から頼まれ、一時期、銀座《ぎんざ》のバーでピアノ演奏をしていた時のことだったそうだ。その後古林と付き合うようになったが、半年程前に古林の浮気が原因で別れ、以後音信不通だった。暴力団員と知ったのは、付き合ってすぐのことだったらしいが、基本的に古林は羽田に対して手をあげることなどはなかったのだという。

それが、一ヶ月程前に不意に姿を現し、金を融通しろと言ってきた。だが、羽田はそれを突っぱねた。丁度同じ頃、親から勧められた見合いの話があり、結婚が決まりかけていたからだ。

それでもしつこくつきまとってくる古林に恐怖を感じた羽田は、幼馴染みに相談、神城を紹介された。だが依頼した直後、不運にも古林に結婚のことが知られてしまい、それをネタに脅されたそうだ。言うことを聞かなければ、結婚の邪魔をしてやる。そう言われ、なおかつ暴行を加えられ、それが古林への反論を塞いでしまった。

そしてあの日。唐突に、古林の方から一度協力すればもう二度と関わらないでいてやると提案され、藁《わら》にも縋る思いで話に乗ったのだという。人を陥れることに恐怖はあったが、それよりも、古林に一生つきまとわれる恐怖の方が勝ってしまった。更に事件後、喋ればお前も犯罪者だと古林に言われ、言うに言えなくなってしまったのだと泣いていたらしい。

飯田が逮捕された前日の夜の経緯も、羽田は全て話した。

飯田は、古林にナイフを突きつけられて羽田の部屋に連れてこられた。当初、古林に対しナイフで脅されているにも拘わらず、飯田に怯んだ様子は一切なかったそうだ。飯田が刑事だということは古林から聞かされており、その飯田の堂々とした様子に、羽田は一瞬古林を捕まえてくれるかもしれないという期待を持ったのだという。

だが古林が、飯田にだけ聞こえるように何かを告げた途端、飯田の様子が変わった。古林の言うことに反論もせず、また殴られても抵抗すらしなくなった。そのため、飯田もまた、羽田と同じく古林に脅迫されているのだろうと諦めた。

そしてスタンガンで飯田を動けないようにして縛り上げ、古林は飯田の犯行に見せかけるため、羽田を殴った。その後、飯田に古林がまた何かを言っていたようだが、殴られた痛みと恐怖で、あまり覚えていないらしい。

朝になって古林が出て行った後、羽田は言われた通り飯田を縛り上げた紐を解いた。するとその直後、警察がやって来た。古林が通報したのだろう。

警官が踏み込んだ時、飯田は怪我を負った羽田を心配し、肩に手を置いていたところだった。その後羽田は、古林によって用意されていた証言をそのまま警察に告げた。

飯田は絶対に喋らないと、古林が言っていた。そして本当に、飯田は嘘の証言を否定しなかった。羽田はそれでも、いつ本当のことが明らかになるかと恐怖を感じていたらしい。自分と同じように飯田も脅されているのなら、このまま古林が言った通りになるのかもしれない。けれど、もしかしたら自分も捕まってしまうのかもしれない、と。

そんな葛藤もあり、神城による説得に羽田は比較的素直に応じたようだった。

表向き、羽田の出頭は、飯田の担当弁護士である成瀬の調査結果を知らされた神城が、羽田を説得した形になっており、羽田自身もそう思っている。

「古林に入れ知恵したのは、神城さんじゃないかな」

木佐の指摘に、成瀬がまあなぁと零す。

「いやに用意周到だったしな。その被害者女性の証言を、古林が考えたっつーよりあいつが考えたって言われた方が納得できる」

羽田が自供したことは、現在外部には漏らされないようにしている。そして、極秘で古林の行方が捜索されているらしい。飯田は、さすがに本人がおおっぴらに外に出るわけにもいかず、相変わらず所轄署に足止めを食らっているそうだ。

「あいつ、悔しがってるだろうな」

にやりと笑った成瀬に、まあねと苦笑する。どうにか解決の目処《めど》がつき、安堵したからこその会話だ。あとは、警察に任せるしかない。飯田の件が片付いても、二人とも抱えている依頼は他にもあるのだ。

「さて、仕事仕事。お前も、後回しにしてた分さっさと片付けないと、当分休みなしだよ」

「げ」

木佐の言葉に、成瀬がうんざりした顔をする。それに、仕事は仕事と嘯《うそぶ》いた。

「その間、朋君には直《なお》の世話でも頼もうかな。あ、成瀬んちで預かって貰うってのも良いか」

「え？　直、今木佐先生の家にいるんですか？」

朋に懐いている、木佐の従姉の息子の名を挙げれば、成瀬が思い切り苦々しい表情を浮かべた。反面、朋は素直に驚きを露にする。朋がこの事務所へ来た頃、一時期従姉から預かっていた子供だったが、今は家族の下に戻っている。木佐の今の台詞は、純然たる、成瀬に対する嫌がらせだ。

幼い直がいれば、当然朋はそちらにかかり切りになってしまう。また直が誰よりも朋に懐いており、一緒にいれば側から離れようとせず、しかも朋がそれを許し面倒を見ているため、成瀬は本気で面白くないらしかった。

「……いつも思うけどさ、成瀬、お前相当大人気ないよ？」

「うるせえ。おら、くだらねぇこと言ってねえで、さっさと仕事済ますぞ」

突如木佐を追い立てるように執務室に戻っていった成瀬に、木佐はやれやれと言いながら笑った。頬を赤らめて俯いている朋をみて、笑みを深める。

「朋君も、大変だねぇ」

その声は幾分楽しげで、ここしばらくの木佐を心配していた事務所の面々を密かに安堵させたとは、木佐自身思っていなかった。

「ごめんね、朋君。余分なお使いまで頼んじゃって」

「いいえ、俺も伊勢先生の事務所に行くのは久しぶりですから。嬉しいです」

事務所の入っているビルを出たところで、木佐は隣に立つ朋に、ありがとうと告げた。

飯田逮捕の件は伊勢の耳にも入っており、神城の件で問い合わせたこともあって心配されていたのだ。ひとまず落ち着いた旨を連絡すれば、それなら良いと素っ気ない返事があっただけだった。そして、礼代わりに朋をよこすように要求されたのだ。もちろん最近朋が顔を見せていなかったというのが一番の理由だろうが、それで何も聞かずに帳消しにするという伊勢の心遣いでもあるのだろう。

偶然この日は、成瀬も木佐も、そして伊勢の事務所へ行く朋も向かう方向が同じだった。そのため、一番遠出となる成瀬の車で行き、途中で二人を降ろしていくという手筈になっていた。

このビルの入口付近には、来客用の駐車スペースなどがあり、ビル自体は道路からは少し奥まった場所にある。

「さてと、車回してくるか……ん？」

駐車スペースへ向かおうとした成瀬が足を止め、訝《いぶか》しげな顔で道路を見遣る。それに続いて木佐も、疑問を顔に浮かべた。パトカーのサイレンの音が、近づいてくるのだ。

「なんだ？」

「うわ……」

木佐の声と、思わずといった様子で上げた朋の声が、綺麗に重なる。そして次の瞬間、物凄い勢いで車がビルの駐車スペースへと滑り込んできた。派手なブレーキ音と、車から出てきた人影に、目を瞠る。

「お前……」

「先輩！　無事ですね！」

焦った様子で駆け寄ってきたのは、飯田だった。助手席側から、同僚の刑事が降りてくるのが見える。勢いよく両腕を掴まれ、上から下まで木佐の姿を検分した飯田は、安堵したように息をついた。突然のことに動揺する間もなく飯田を凝視していた木佐は、はっと我に返り慌てて腕を振り解いた。

「お前、どうして……」

「説明は後です。成瀬先輩、櫻井君もひとまずビルの中に」

木佐の言葉を再び遮り、飯田が急いでと木佐を促そうとする。隣では、一緒に車に乗っていた刑事が、成瀬と朋を促してビルの方へと向かっていた。一体何事だ。混乱しながら、飯田の手に引かれ足を踏み出す。

と、その時。

「木佐ぁぁ！」

「っ!!」

男の叫び声と、何かが破裂したような軽い音。それらが耳に届く寸前、身体がどんと思い切り突き飛ばされる。突然のことに構える間もなく、木佐は肩から勢いよく倒れ込んだ。地面についた掌が擦れ、痛みより先に熱さを感じる。

「……っ!!」

「飯田っ！」

誰かの呻き声と、成瀬の怒声。複数の男達の、怒鳴り声と叫び声。入り乱れる足音。

何が起きたのか。ゆっくりと身体を起こし、首を巡らせる。そして少し離れた場所に、地面に仰向けになって倒れている飯田の姿を見つけ、ひゅっと喉が音を立てた。

「あ……」

「おい、木佐！　伏せろ！」

成瀬の声が、耳を素通りする。慌てて飯田のところへ駆け寄ろうとした瞬間、再びパンッという音が響いた。左腕に衝撃が走る。

「っ！」

二の腕に、じわりと血が滲む。腕を掠っていった、銃弾。ならば、飯田はこれに撃たれたというのか――木佐を庇って。

「ちっ！　くそっ、外したか」

背後で、男が舌打ちしカチャリと再び銃を構える音がする。けれど構わず、木佐は飯田の横に膝をついた。ぴくりとも動かない身体に、両手を添えて軽く揺らす。

「飯田！　しっかりしろ、おい！」

声をかけるが、飯田はなんの反応も示さない。焦りだけが募り、添えた手に力がこもる。

嘘だ、嘘だ……。混乱し、心臓が嫌な速さで鼓動を刻む。まるで呼吸の仕方を忘れてしまったように、上手く息が吸えない。

「古林！」

誰かの怒鳴り声とともに、再び銃声が響く。音に身体が反応したように、反射的に飯田の身体へと覆い被さる。けれど、それに続いたのは別の男の悲鳴だった。

「ぐぁっ！」

何かを殴る音と、複数の足音が入り乱れる。

「くそっ！　痛ぇよ！　離せ！」

「うるさい！　おい、早く救急車呼べ！」

のろのろと視線を動かし背後を見れば、いつの間にか駆けつけていた複数人の刑事達に取り押さえられた男の姿がある。右手から血を流し暴れる男と、それを地面に押しつけ取り押さえる刑事。誰かが、携帯電話を取り出し、救急車を呼んでいる。

地面に押さえつけられた、擦り切れたジーンズに趣味の悪いシャツを羽織った男が、高校生の頃の面影を微かに残した古林だと認識する。だが騒ぐ男に取りあわないまま、木佐はす

ぐに飯田へと視線を戻した。

「飯田、飯田！」

ゆさゆさと身体を揺らす。指先が震え、上手く力が入らない。こういう時は動かさない方が良いのか、いや、それよりも止血しなければ。思いつく考えはどれも散漫で、木佐の身体は一向に動いてくれなかった。

「っ……」

そういえば、と誰かがさっき救急車を呼んでいたことを思い出す。周囲を見渡して、慌てたように駆け寄ってくる成瀬の姿を見つけた。

「成瀬、飯田が……救急車は……っ」

舌が硬直してしまったかのように、上手く言葉が紡げない。成瀬を凝視し、瞬きすらせず譫言《うわごと》のように呟いた木佐を、隣に膝をついた成瀬が痛ましげな表情で見遣る。そしてふっと視線を飯田の方へと向け、急に動きを止めた。

「おい、木佐」

「早く……飯田が……」

死んでしまう、と口には出せないまま言葉を詰まらせる木佐に、成瀬がなぜか安堵したようにほっと息をつく。そして、ぽんぽんと子供にするように頭を掌で叩かれる。

「落ち着け、よく見ろ」

「……え?」

ぐい、と頭に置いた手で顔を飯田の方へと向けられる。指差された方へと視線をやり、次の瞬間、「え?」ともう一度呟いた。

「血が……」

よく見れば、傷口は焼け焦げたような跡だけで、出血はしていない。どういうことだと茫然としていれば、不意に、ううと飯田が顔を歪めて唸り声を上げた。

「飯田!」

顔を覗き込めば、痛そうに顔をしかめた飯田が、ゆっくりと瞼を持ち上げる。そのことに全身の力が抜けそうな程安堵しながら、おい、と肩を掴んで揺らした。

「痛っ……い、待っ、揺らすと痛……」

ぐあ、と呻きながら身体を横向けられ、思わず「悪い」と手を引いてしまう。何が起きたのか判らず、目を見開いていれば、しばらく身体を丸めるようにしていた飯田がゆっくりと上半身を起こした。

「飯田! 生きてるか!」

遠くから聞こえた声に、飯田が「なんとかー」とのんびり返す。

「痛っ、ちょ、成瀬先輩……ったたた……」

ぱしんと成瀬が飯田の頭を掌ではたき、やれやれとその場を立ち去る。ビルの入口からこちらを心配げに見ている朋の側へと行き、くしゃりと髪を掻き回していた。

「……生きてる？」

「あ、はい。防弾ベストのおかげで、どうにか」

木佐の呟きに、飯田があっけらかんと答える。防弾ベスト。ああ、だから出血していなかったのか。そんなことをぼんやりと考え、どっと全身から力が抜けた。

「なんだ……」

がっくりと両手を地面につき、良かったと息を吐く。ちゃんと、生きている。そのことに、心の底から安堵した。

「先輩、ちょっと見せて」

だが気が抜けた木佐とは裏腹に、飯田が尖った声を出す。急にどうしたのかと顔を上げれば、飯田に左腕を掴まれた。肘を掴まれ、二の腕を検分される。スーツに滲んでいる血に、さっき飯田に駆け寄った時に弾が掠ったことを、今更ながらに思い出す。

「ああ……掠っただけだ」

運良く、本当に掠っただけで済んだらしく、血は止まっているようだった。傷にはなっていても、たいしたことはないだろう。

けれど飯田は声と同様の厳しい顔つきで傷口を見た後、小さく舌打ちし、未だ騒いでいる古林を睨みつけた。怒っているようなその態度に、木佐は眉を顰めた。自分が撃たれたことよりも、木佐の怪我でなぜこんな顔をするのか。ついこの間までは、目も合わせない程だったのに。

「くそっ」

吐き捨てるように言い、そっと木佐の腕から手を外すと、立ち上がる。

「おい、飯田！」

幾ら防弾ベストを着ていたとはいえ、気を失う程の衝撃はあったのだ。まだ動くな、と言えば、大丈夫ですよと古林を睨んだままの飯田が答えた。その視線の険しさに、それ以上止めることが出来ずに息を呑む。

「俺が刑事じゃなけりゃ、これくらいじゃ済まさないいんですが」

「え？」

どういうことだと声を上げれば、木佐の問いには答えないまま飯田が足を踏み出した。先程撃たれた時に丸まっていたのが嘘のように、背筋が真っ直ぐに伸ばされている。その潔《いさぎよ》い後ろ姿を、どこか懐かしい気分で見送る。飯田が向かったのは、刑事達にパトカーへと連行されながらも、往生際悪く暴れている古林のところだった。

「おい、暴れるな！　大人しくしろ！」

「うるせえ！　離せ！　痛ぇんだよ！」

身を捩りながら刑事達の手を振り解こうとしていた古林は、だが近づいてきた人影に動きを止めた。それが飯田だと判った瞬間、凶悪な顔で睨みつける。

「古林。一度ならず二度までも、よくもやってくれたな」

淡々と告げる飯田に、古林は殴りかかりそうな勢いで、飯田の方へ向かおうとする。だが背後から両腕を拘束している刑事にそれを止められ、悔しげに歯噛みした。

「やってくれたのは、てめえらの方だろうが。まだるっこしいことなんかしねぇで、さっさと殺《や》っておきゃあ良かった。あのクソ弁護士まで裏切りやがって……絶対に許さねぇ」

飯田に向かって恨み言を並べた古林は、立ち上がり、その場から様子を見守っていた木佐の方を向いた。憎しみに彩られた視線が、正面から木佐を睨みつけてくる。

「大体あん時お前が余計なことさえしなきゃあ、あんな騒ぎにはならなかったんだよ！　てめえが下手に庇って怪我なんかしたせいで、話を大げさにしやがって！　俺の人生を滅茶苦茶にしやがったのは、木佐、お前だろうが！」

古林の支離滅裂な暴言に、木佐は呆気にとられながら耳を傾ける。自分が庇っていなくても、どのみち飯田が怪我をして騒ぎになっただろう。それとも、古林は飯田なら上手く避けると思っていたのだろうか。いや、それでも同級生にナイフを向けた時点で、結果は同じだっただろう。

「馬鹿か、あいつは」

成瀬の口元が、そう動いたような気がした。距離があって声は聞こえないが、あの苦虫を噛み潰したような顔からして、予想はそう外れていないはずだ。

「……言いたいことは、それだけか？」

古林の言葉が途切れるのを待って、飯田が口を開く。その静かな声に、「あ？」と古林が怒鳴った勢いのまま振り向く。

「お前、相変わらず馬鹿だな」

淡々とした飯田の一言に、古林が怒りで顔を赤くする。

「てめぇっ！」

怒鳴りながら、自分を捕らえている刑事の手を振り解こうと、古林が再び暴れ始める。

（……——？）

ちらりと。ほんの一瞬、古林を押さえている刑事の目が、飯田に向けられた気がした。その直後、「あ！」という声とともに、古林の身体から刑事の手が振り解かれた。

逃げてしまう。はっとして、木佐が一歩足を踏み出す。だが身体の拘束が外れた古林は、逃げるのではなく、飯田に殴りかかっていった。飯田の身体がすっと下がり、古林の拳を避ける。

「ぐあっ！」

どすっと、鈍く低い音と古林の呻き声が響く。殴りかかってきた古林の腹を、飯田が殴ったのだと遅れて理解する。古林は、まともに拳を受けてしまったらしく、腹を抱え痛みにのたうっていた。

「悪いな、避けたら手が滑った」

空々しく言いながら、飯田がしゃがみ込んだ古林を見下ろす。

「あーあ」

「まあ、公務執行妨害……になるだろ、多分」

どこからか聞こえる苦笑混じりの声は、誰のものか。

木佐が目を丸くしていれば、飯田が今度は古林の胸ぐらを掴んで引き起こし、ぐいと自分の方へと引き寄せた。

「今度あの人を傷つけるような真似をしてみろ——俺が、どんなことをしても必ずお前を殺してやる。いいか。絶対にだ」

ぐっと襟元を締められ、古林が苦しげに呻く。正面から間近で飯田に睨みつけられ、古林がごくりと息を呑むのが判る。飯田の背を見つめる木佐には、今飯田がどんな顔をしているかは見えない。だが、その声の低さと古林が浮かべた怯えの色に、なんとなく想像はついた。

やがて飯田が古林から手を離すと、再び古林の身体を拘束した刑事達がパトカーへと押し込む。同僚から叱られるように頭を叩かれた飯田は、既にいつもの表情に戻っており、木佐は緊張から詰めていた息をゆっくりと吐いた。

未だに鼓動が速いのは、緊張からか……先程の飯田の言葉からか。

「飯田……」

「先輩、あの」

パトカーの前で待つ同僚を残し、慌てた様子で飯田がこちらへ向かってくる。すみません、と前置きした飯田は立ち尽くしている木佐の顔を覗き込んできた。

「落ち着いたら、事務所に行きます。話を聞いて下さい」

真っ直ぐに見つめてくる瞳から視線を外せず、木佐は飯田を見つめる。展開についていけないまま、反射で頷けば、ほっとしたように表情を緩めた飯田が「じゃあ」と片手をあげてパトカーの方へと戻っていった。

その背を見送りながら、木佐は、ようやくひりひりとした痛みを伝えてきた掌を、緩く握りしめた。


「さて、そろそろ帰るかな」

パソコンの電源を落とし、手元に広げた資料を片付ける。時計を見れば、九時を回っていた。今日は成瀬が外出先からそのまま直帰しているため、事務所に残っているのは木佐だけだった。人気のない事務所は、落ち着いて仕事が出来る静けさではあったが、どこか寂しくもある。

事務所内の戸締まりと火の元を確認し、執務室へ戻る。すると、不意に事務所の扉をノックする音が響き、振り返った。既に事務所は閉めており、執務室以外電気を消して入口にも鍵を掛けてある。それでもやって来るのは、まだこの時間に木佐が事務所にいることを知っている人間に限られた。

「お疲れさまです、先輩。仕事、終わりました?」

事務所の扉を開けば、そこに立っていたのは、やはり飯田だった。

「ああ……もう帰るところだ」

先日の騒ぎから、数週間が過ぎている。ずっと連絡も取っていなかったため、会うのは久々だった。落ち着いた様子で立つ飯田の顔を、なぜかまともに見ることが出来ず、視線を逸らす。

扉を開けたまま執務室へと踵を返せば、飯田が扉を締めて後に続いた。明日からの週末休みに家で目を通すための資料を、机の上に置いた鞄に詰め込んでいく。機械的に出来る作業をやっていなければ、間がもたないのだ。

「怪我は、大丈夫だったのか」

躊躇いがちに告げた言葉に、執務室の扉近くで黙って立っていた飯田が、はい、と答えを返す。

「打撲《だぼく》程度で済みました。念のため、あれから病院にも行きましたし。しばらくはさすがに痛かったですけど、もう大丈夫ですよ。それより先輩の怪我は？」

逆に問われ、こちらも大丈夫だと返す。

「掠り傷だった。むしろお前に突き倒された時に擦った掌の方が厄介だったぐらいだ」

側面をアスファルトで擦ったため、傷自体は浅かったが範囲が広かった。完全に傷が塞がるまでは、水仕事の度にゴム手袋が必要だったのだ。面倒だった、と付け加えれば決まり悪げに飯田が肩を落とした。

「……──すみません」

素直に謝る飯田の姿に苦笑する。出会った頃、身体を縮めて座っていた姿が脳裏に浮かび、懐かしさとともに寂しさが募った。荷物を詰める手を止め、振り返る。

「冗談だ。助けてくれて、ありがとう」

あの時、結局助けられた礼を言えないままになっていた。そう思い頭を下げれば、飯田が慌てたようにやめて下さいと手を振った。頭を上げれば、照れくさそうな飯田と視線が合い、胸を撫で下ろす。接見室では拒絶されていたが、とりあえず今は、顔を合わせる気になってくれているらしい。

「それで、古林は？」

あれ以降、古林がどうなったかは聞いていなかった。どちらにせよ、被害者への脅迫と銃刀法違反は確実に罪状としてつくだろう。そして恐らく、殺人未遂も。

「まあ、起訴されるでしょうね。本人はかっとなったと言っていますが、現場を見ていた人間は大勢いるので。それと今回の計画は神城から持ちかけられたと証言していますが、神城自身は完全否定の構えですし、証拠も出てこないので多分そっちは無理だと思います」

「そうか……まあ、神城さんなら証拠は残さないだろうな」

「古林の言い分では、付き合っていた被害者女性とのことで話があると呼び出された時に、俺達の話を聞かされたそうです」

自分は、同じ組員の愛人に手を出したとはいえ、逃げ回らなければならないような目に遭っている。それなのに、昔自分の人生を滅茶苦茶にした二人が、ある意味エリートコースとも言える職業について成功している。そこから引き摺り落として、自分と同じ目に遭わせてやりたい。

神城は、話を聞いてその気になった古林に、古林自身が捕まっては仕返しの意味がないだろうと、今回の計画を持ちかけたそうだ。ただし、あくまでも計画や詳細な手順の提案のみで、手は一切貸さずに。

飯田を狙ったのは、神城の提案だったという。それが木佐にとっても最も有効だと言われたのだと、古林が証言したらしい。

「ふうん」

本当に、あの人は厄介だ。柳眉《りゅうび》を寄せながら、気がなさそうに呟く。そして「それで？」と先を促した。事件当日、飯田が黙秘を続けるに至った理由だ。

「古林を最初に見かけたのは、あの——この間の、昼間だったんです」

言葉を濁され、この間というのがいつのことか思い至る。あの、飯田と一夜をともにした日のことだろう。忘れていたわけではないが、古林の銃撃による騒ぎに押し出されていたそれを唐突に目の前に置かれ、ぎくりとした。

「あの時は——すみませんでした」

謝罪され、ぐっと息を呑む。

『こんなつもりじゃなかったのに』

あの台詞で、飯田の行為が本意ではなかったことは思い知らされていた。だから、罵られようと謝られようと、覚悟はしていたはずだ。口を閉ざしたまま、自分をそう宥める。

「事件がらみで組の関係者を探していた時に、古林に似た男を見かけて。その日の夜に先輩に会ったら、怪我してるし」

その上、神城との一件があり、頭に血が上ったのだと飯田が頭を下げた。

神城とは、以前捜査時にやり合ったことがあるのだという。神城が弁護を引き受けていた人間を、飯田が犯人として逮捕したらしい。飯田は、だからあまり良い印象は持たれていないのだと言葉を濁したが、あの神城のことだ、散々皮肉は言われたのだろう。

今回のことで、古林に飯田を利用するよう唆したのも、その辺りを根に持っていたのが原因の一つだったのかもしれない。

「で？」

努めて平静を装いながら、その後を問う。

「書き置きしたのに、結局先輩に連絡出来ないままになってたから、隙を見てちょっとだけ電話しに行こうと思ったんです。でも、車を離れたところで携帯に古林から電話があって」

携帯番号は、神城経由で入手したらしい。電話に出た隙を狙われ、ナイフを突きつけられた。

飯田が一人になったところに居合わせたのは、偶然だったのか、故意だったのか。

ナイフを突きつけられた瞬間、飯田はすぐに抵抗して古林を押さえようとした。だが同時に、すぐ近くで帰宅途中らしき子供の姿を見つけ、巻き込む危険性を考え、ひとまずそこから離れようと大人しく従ったのだという。その後、被害者女性のところまで連れて行かれ、犯罪者になって貰おうと強要された。

「最初は、ふざけるなと思いました。けど被害者も脅迫されていましたし、あいつ、先輩の居場所も掴んでいました。俺が黙って大人しく捕まっていれば、先輩には手出ししないと言われて……」

「何？」

飯田の言葉に、思わず声を上げる。今の言い方では、まるで木佐のために捕まっていたようではないか。焦って問い質そうとするものの、そんな木佐には構わず、飯田が先を続ける。

「警察内部にも伝手があるから情報は回ってくる。俺が本当のことを喋ったと判った時点で、先輩を殺しに行くと言われたので、下手に喋れなかったんです。最初は嘘だと思ったんですが、携帯番号の件もありましたし、法螺《ほら》をふいている割には妙に自信がありそうだったのが気になって」

実際、その伝手とは神城のことだったのだろう。神城の顔の広さをもってすれば、被害者側の弁護士としてそれとなく聞けば、飯田が話したかどうか程度は聞き出せるはずだ。

「成瀬先輩にはそれとなく、やってないことと、古林に嵌められたことは言ったんですが。警察署の中だったから、詳しく話すに話せなくて……。ひとまず、成瀬先輩に古林を押さえて貰おうと」

「ちょっと待て。成瀬は、古林を探してくれとしか言われなかったと言っていたぞ?」

やっていたともやっていないとも、言っていない。確かに曖昧に言葉は濁されたが、それを飯田が言ったのなら教えてくれても良かっただろう。

「あー、多分、言うと先輩が突っ走りそうだと思ったんじゃないんですか、ね? 俺も、先輩には言わないでくれって頼みましたし」

自信なさそうに告げる飯田を、一睨みする。

「どうして」

「……だって。俺がやってないって言ったって判ったら、絶対、理由聞き出しに来るでしょう？　俺も、そこまで先輩から隠し切る自信もありませんでしたし」

だが、先にその役割を負った人物がいれば、そしてそれが成瀬であればストッパーになるだろう。そう思ったのだという。そこまで短絡的じゃないと文句は言いたいが、実際問題やりそうな自分がいただけに「そんなことするか」と弱く言い返すことしかできない。

それよりも、さっき飯田は黙っていた原因をなんと言ったか。

「そもそも、お前がずっと黙っていたのは、被害者が脅迫されていたからじゃないのか？」

先程から聞きたかった疑問を、飯田の言葉を制するように片手をあげて言えば、飯田がむっとした顔で違いますよと言った。

「幾ら俺でも、それだけで自分を犯罪者にしようとは思いませんよ。まあ、一緒に上手いこと片付けばいいとは思いましたけど」

「……――」

絶句していれば、飯田が最後に付け加えた。

「結局古林は、捜査員に見つかって追われた時点で神城に裏切られたことを悟って、拳銃片手に先輩のところに向かったそうです」

古林から語られた情報のうち、どこまでが真実かは不明だ。そのことよりも木佐は、飯田が黙秘を続けていたのが自分のためだったと言われたことに、動揺していた。

飯田が庇っていたのは被害者だけではなく、木佐もだったというのか。

「ど、して……」

声が掠れる。友人だからか、それとも昔のことがあるからか。それを聞いてはいけない気がしたが、言葉が零れるのは止められなかった。飯田を凝視していれば、ふと真面目な顔つきになった飯田が木佐の前へと歩み寄ってくる。正面から射竦められ、身動きが取れない。

「俺。ずっと、先輩が好きでした」

「っ！」

唐突に告げられた言葉に、息が止まりそうになる。どういうことだ。混乱する頭で目を瞠っていれば、飯田が木佐を見据えたまま続けた。

「高校の時から、ずっとです。だからもう二度と、万が一にでも、先輩が俺を庇って怪我をするところなんか見たくなかった」

どきどきと高鳴る心臓を持て余しながら飯田を見つめ、だが、ある一点に気づく。

(好き、だった？)

過去形で言われたのは、それが終わったことだからだ。そして、飯田が婚約していることをこんな時に思い出す。

高揚《こうよう》していた気分が、一気に地の底まで下がった。何を期待していたんだと、自分の馬鹿さ加減をいっそ呪いたくなる。飯田は、これを機に過去のわだかまりを精算しようとしているのか。

「それで？　今更それを言って、どうなる」

いい加減にしろと一蹴すれば、飯田が怯んだように瞳を揺らす。それに構わず、木佐はふっと自嘲した。事件が起こった時に決心したことを、思い出したからだ。

そうだった。自分もまた、飯田が捕まった時、事件が片付いたら全てぶつけてみようと思ったのだ。そして何もかもを壊し、先に進もうと。飯田を責める筋合いなど、端からない。むしろ向こうがきっかけを作ってくれて、話がしやすいではないか。

けれど、言葉は喉の奥に詰まったように出てこなかった。足を踏み出す恐怖が、木佐を躊躇わせる。言って——そして、けりがついてしまえば、それで本当に終わりにしなければならないのだ。

「先輩、俺は……」

「聞きたくない」

往生際が悪いと言われようと、もう少しだけ……あと数分だけで良いから、時間が欲しかった。反射的に遮り、飯田の側を通り抜けようとする。だがそれを許さぬように、腕を掴まれて引き戻された。背後には執務机、前には飯田。それ以上前にも後ろにも一歩も動けず、木佐は身を捩ってそこから抜け出そうとした。

「離せっ」

焦って怒鳴るが、飯田は一歩も引かない。きっぱりと、嫌ですという答えが返ってきた。

「今日は、話が終わるまで帰りませんし、帰しません」

「話？」

その言葉に、木佐は飯田を睨みつける。事件のあらましを聞き、身体を重ねた夜のことも謝罪されてしまった今、飯田が木佐に対して話すことなど、婚約者のこと以外残っていないはずだ。聞いてしまえば、それが最後通告となる。そんなに、木佐の気持ちにとどめを刺しておきたいのか。言いがかりと判っていても、この場から逃げることを許さない飯田に、かっとなるのが止められない。

「これ以上、なんの話がある。結婚の報告でもするつもりか？」

勢いのまま冷笑し、すぐに自分が口走ってしまった内容に気づき口を噤んだ。苛立ちながらも、気まずさから、口元を歪め飯田の顔から視線を逸らす。

知っていて黙っていたことを、自らばらしてしまった。言葉を詰まらせた木佐は、再度離せと意思表示するように、顔を背けたまま掴まれた手を自分の方へ引き寄せる。それでも振り解けない腕を、いい加減にしてくれと、怒りも露に睨みつけた。

「……え？　ちょっと待って、先輩、あの」

わずかに空いた奇妙な間の後、なぜか飯田が慌てたような声を出す。だが再び続けようとした飯田の言葉を、声を上げて遮った。

「嫌だ、聞きたくない。離せ！」

もう、これ以上みっともない姿を晒させないでくれ。自身への嫌悪感で、胸が黒く塗りつぶされそうになる。今の自分は、絶対に、嫉妬で醜《みにく》い顔をしている。迷子の子供のような心許なさを滲ませたまま、木佐はかぶりを振った。

飯田が「先輩」と言いながら、木佐の顔を覗き込もうとする。それを避け、するりと飯田の横をすり抜けるように足を踏み出した。と、苛立ったような舌打ちの音が響く。

怒らせてしまった。耳に届いたその音に反射的にぎくりと肩が震え、だが身体は衝動のまま逃げを打つ。

不意に木佐の腰に腕が回り、今度は身体ごと引き寄せられる。ぶつかる勢いで飯田の胸に抱き込まれ、執務机との間に挟むようにして抱き竦められた。耳元に、息がかかる。

「愛してる」

「……――っ！」

息を呑み、木佐の身体が硬直したように動きを止める。

(愛してる？　誰が、誰を)

判らない。今自分が、どうして、飯田に抱き竦められているのか。そして、愛してるなどと告げられているのか。

「え……」

疑問は言葉にすらならず、木佐の口から音が零れ落ちただけだった。木佐にしがみつくように、逃がさないといわんばかりの強さで抱きしめている男は、一体誰だ。

まさか、自分に都合の良い幻聴だろうか。そう思い、だらりと両脇に下げたままの手をゆっくりと持ち上げる。ぽんと確かめるように自分を抱き竦めている男の背を叩けば、確かにそこには温かくがっしりとした身体があった。

「え？」

再び茫然と呟けば、飯田がもう一度、はっきりとした口調で繰り返した。

「あんたを、愛してる」

反応出来ずにいれば、やがて身体がゆっくりと離れていった。身体を拘束する腕がなくなっても、正面から飯田に見据えられただけで身動きが取れなくなる。

どういうことだ。混乱したまま告げられた言葉を思い返そうとすると、口が勝手に言葉を紡いだ。

「嘘だ」

じっと、飯田を凝視したまま断言する木佐に、困ったように笑う。

「嘘じゃありません。俺が愛してるのは、あんただけなんだ」

「……――」

もう一度、嘘だ、と呟いた言葉は声にならなかった。じわりと身体に染み込んできた言葉に、ぎゅっと眉根を寄せた。ともすれば期待してしまいそうな感情を、無理矢理穴の中に押し込めるようにして、そんなことあるはずがない、と頑なに否定する。

「笑えない冗談はやめろ」

きっぱりと首を横に振れば、飯田がすぐに本気ですと返す。

「俺は、こんなことであんたに対して冗談も嘘も言わない。どうしても信じないって言うなら、信じられるようになるまで言い続けます」

困ったような表情とは裏腹に、その声は強かった。一言一言、木佐へと刻みつけるように言葉を重ねていく。なんの迷いも躊躇いもなく木佐を見つめる黒い瞳に、ぐらりと気持ちが傾ぐ。

飯田が逮捕されていた時、ずっと逸らされていたその瞳に、木佐の姿が映っている。その事実にようやく気づき、すとんと何かが胸に落ちた。

ああ、そうだ。飯田はいつも、自分の気持ちを木佐にぶつける時、こうして真っ直ぐに木佐を見ていた。逸らされていたのは、言えないことを抱えていた時だけだった。そして、躊躇いのない飯田の言葉が怖くて逃げていたのは、自分の方だ。

ならば、こうして木佐の目を見て告げられた言葉は、本当のことなのだろうか。

そう思った途端、鼻の奥がつんと痛くなる。胸が苦しい。喘ぐように息をすると、飯田が

瞠目し、そして更に苦笑を深めた。その仕方がないと言いたげな優しい表情に、一層胸の痛みがひどくなる。

がっしりとした指先が動き、木佐の頬を拭う。そこで初めて、木佐は自分が涙を流していることを知った。

「っ」

みっともない。そう思いながら、慌てて手で拭おうとする。だがその手を遮って止めた飯田が、親指の腹で木佐の目尻を拭い、ふっと零れ落とすように微笑んだ。

「先輩は？」

「何、が」

促すような問いかけに、何を問われているのかは判っている。判ってはいるが、未だ信じ切れないのも本当だ。一体、どういうことなのか。何よりも、飯田は結婚するのだろう。

「結婚、するんじゃないのか」

いつものように冷たくあしらうことも振り払うことも出来ず、ただ、無心な声でぽつりと呟く。すると、目を瞠った飯田が「それです」と大げさに言った。

「一体どこから、そんな話が出てきたんですか。まさか、この間車にあった指輪ですか？」

あれが、妙な誤解を与えてしまったのではないかと思っていた。そう言われ、違うと首を振った。もっと確実なことが、あるだろうに。

「婚約者が、いるんだろう。それに……――」

この間の朝『こんなつもりじゃなかった』と言っていた。だから、木佐はあの日のことを飯田が後悔していると思っていたのだ。

「あ……」

しまった、という顔をした飯田に、やっぱり何かあるのだと、顔をしかめる。隠さずむっとしてみせた木佐に、慌てて違いますと飯田が手を振った。

「それは両方誤解です。ああ……っと、とにかく、後でちゃんと説明しますけど、婚約者はいません。それに、そっちも違います。俺は昔から先輩一筋です！」

徐々に胡散臭そうな顔になってしまうのが、自分でも判る。そんな木佐に、一層慌てたように飯田が言い募った。

「ええと、ですね。つうかどこから話せば……っああもう、本当に、本当なんです。話せば長くなるっていうか、いや、簡単な話なんですけど、ともかく違うんです！」

あまりに必死な形相と支離滅裂な説明に呆気にとられ、次いで、くっと笑いが漏れる。なんだか、疑っている自分の方が馬鹿らしくなってしまった。

もう、どちらでも良いか。ふとそう思う。

思い出したのは、飯田が銃弾に倒れた時の、あの恐怖。今回は運良く生きていたが、万が一、ということも十分ありえた。それを考えれば、今飯田が目の前にいて、自分のことを好きだと言っている。その事実以外に何が必要だというのか。

それに、と思う。たとえ嘘でも本当でも、今、木佐が飯田の言葉を信じたいと思っていることに変わりはないのだ。

(後のことは、後で考えれば良い)

やけに胸がすっきりして、笑いが止まらなくなる。くすくすと飯田の胸に顔を埋め笑い続ける木佐に、飯田が戸惑ったように声を上げた。

「せ、先輩?」

いつもの声だ。素直で、おおらかで……木佐を包み込み安心させる声。また、この声が聞けた。そう思えば、無性に安堵し肩の力が抜けた。

「好きだ」

温かい胸に額をつけ、呟く。はっきりと言葉にすれば、じわりと嬉しさが身体に滲む。気恥ずかしくて、温かな感情。

ずっと言いたかった。諦めようと思っても、諦め切れずに、往生際悪く何年も抱え続けてきた気持ち。それを、やっとどこかに降ろせたような爽快感。

そして先程の木佐のように言葉を詰まらせた飯田を見て、微笑んだ。顔を寄せてもう一度繰り返した言葉は、静寂の中に温かく、優しく広がった。

「待て、こら！」

「待てません。今まで、何年待ったと思ってるんですか」

慌てた木佐の声を目前で叩き落とし、飯田が木佐へと覆い被さってくる。その身体を押しのけようとしている木佐の手にも、結局あまり力が入っていないのだから、どっちもどっちだ。

あれから、二人で木佐の部屋へと戻ってきた。飯田がここに来るのは、初めて身体を重ねたあの日以来二度目だ。玄関先でキスされそうになったところを躱し、木佐がどうにかリビングまで引っ張ってきた。

そしてそのまま、ソファの上に引き摺り倒されて、今に至る。

元々木佐がさほど散らかさないのと、週に一度業者を入れているため、部屋は綺麗に片付いている。せいぜいソファテーブルの上に、読みかけの本やら資料、新聞が積み重ねられている程度だ。散らかさない、というよりは、家にいる間は大抵ソファに座ってそれらを読んでいるか、映画やニュースなどを観ているかしか、していないという方が正しいかもしれない。

そんな埒もないことを考えていれば、飯田が着々と木佐の服を剥いでいた。スリーシータのソファは、長身の木佐が横になっても落ちない程度の広さがある。ソファに仰向けに倒され、その木佐の腰を跨ぐように膝をついている飯田が、シュッと音を立てて木佐の首からネクタイを引き抜いた。

ジャケットは、ソファの背にかけられている。続けてシャツのボタンを外していく飯田のジャケットの襟を掴み、お前も脱げ、とばかりに後ろに引いた。その意図を正確に読み取った飯田は、一旦身を起こすと同じようにジャケットとネクタイを取る。そして再び木佐のシャツへと手をかけた。

「今日は、全部脱いで貰いますよ」

「……――別に」

やはり、この間行為の最中にシャツを脱がなかったことを気にしていたらしい。ふいと視線を逸らせば、軽く背を抱かれるようにしてシャツが剥ぎ取られた。覆い被さってくる飯田の背に手を回そうと腕を上げれば、すっと、左腕が掴まれる。

飯田の視線の先にあるのは、古い傷跡。木佐の肌にしっかりと痕跡を残しているそれを、飯田が何も言わずじっと見つめる。

「もう、良いだろう」

見て楽しいものでもない。というよりは、木佐自身があまり飯田に見せたくはなく、腕を引こうとした。だが逆になぜか飯田の方へと引き寄せられる。

「待っ……あ」

ぴちゃりと、微かな水音が響き、木佐の動きがぴたりと止まる。木佐の腕に唇を寄せた飯田が、舌先で傷跡を辿っていく。その感触が、奇妙な程木佐の身体を昂ぶらせた。

「嫌だ、待て……離せ」

ぐっと腕に力を入れるが、飯田の手はびくともしない。いつもそうだ。こんな時ばかり、飯田との力の差を見せつけられる。そうしている間にも、飯田は幾度もなぞるように傷跡に舌をあてて舐めていた。

「――っふ」

思わず声が漏れそうになり、掌で唇を塞ぐ。かたかたと小刻みに身体が震え、腰が熱くなっていくのが判る。まさか、たったこれだけで自分が感じてしまうとは思わず、目を閉じてやり過ごそうとする。

「先輩？　……先輩、目開けて」

そっとかけられた声とともに、腕を舐めていた唇が離れる。ひやりと濡れた感触が、少しだけ昂ぶった熱を冷ましてくれるようで、ほっと息をついた。ゆっくり目を開けば、口元を濡らした飯田が、にっと口端を上げている。

今までになく強気な表情に、心臓が高鳴り、落ち着かなくなってしまう。いつもの年下然とした雰囲気はなりを潜め、瞳の奥に欲情を滲ませた飯田の顔は、間違いなく木佐を手に入れようとしている男のものだった。それでいて、押し倒した木佐を支配するような気配はなく、反対に慈しむように触れられているのが判るから、腹も立たない。

こんな時ばかり、そんな顔をするなど卑怯だ。素直に格好良いなどとは認めたくはなく、木佐は狼狽えるように横を向いた。

「先輩、ずっとこの傷のこと気にしていたでしょう」

「――気にしていたのは、お前だろう」

からかうような口調にむっとしながら言い返せば、飯田がくすりと笑った。

「そりゃあ、好きな人の怪我は気にしますし、気も配りますよ。けど、多分先輩が想像しているような意味じゃあなかった」

「？」

どういうことだ。疑問も露に表情で問えば、飯田が、再び傷跡へと唇を寄せた。今度はそっと触れただけだったが、まるでそれがひどく大切なものに対する口づけのようで、羞恥がこみ上げる。

「先輩は、俺が庇われたことを負い目に感じているから、側にいると思っていたでしょう？まあ、もちろんそれがなかったとは言いませんけど」

「他に、何がある」

憮然《ぶぜん》として言えば、飯田が何かを企むような顔つきになる。木佐の正面から顔を見据え、少しばかり意地の悪さを秘めた顔で笑った。

「俺は、むしろこの傷を理由にして、あんたを手に入れようと思いました」

「……っ！」

絶句した木佐に構わぬまま、飯田は続ける。

「最初に先輩が海外に行った時は、しばらくは俺もショックが抜けていませんでした。でも、このまま離れたら絶対に先輩は二度と会ってくれない。そう思って、柄にもなく必死になって勉強したんですよ」

でも、結局は大学卒業と同時に逃げられた。そう言う飯田は、あの頃のことを思い出しているのか、どこか苦い顔つきだった。思わず「悪い」と謝りそうになった木佐の言葉は、だが飯田の声に遮られる。

「後悔しました。ちゃんと、告白しておけば良かったって。でも……」

そうして、木佐と視線を合わせた飯田が、そっと木佐の前髪を指で梳《す》いた。優しい手つきに、思わず撫でられた猫のように目を細めれば、飯田が微笑む。

「知ってましたか？　卒業式の時、あんた……泣きそうな顔してたんですよ」

「なっ」

嘘だろうと狼狽えれば、飯田が本当です、と言い添えた。

「あんな顔で、縁を切ろうなんて言われたら、さすがに言えませんでした」

大学四年間、木佐は側にいることを許してくれた。だから、大学卒業という節目でちゃんと気持ちを伝えよう。そう思っていたのだという。そんな飯田の言葉に、木佐は茫然とするしかなかった。そもそも、大学卒業の時は、飯田に彼女がいると思って縁を切ると言ったのだ。好きな人に恋人がいる姿など、見たくはなかったから。

「お前、あの時彼女がいたんじゃ……」

「彼女？　大学の時は、いませんでしたけど」

不審げに眉を寄せた飯田に、嘘をついている様子はない。ならば、自分が見たキスシーンは一体なんだったのか。それを問い質せば、いつのことだと思い返すように木佐の身体の上に顔を伏せた飯田が、突如「ああ！」と声を上げた。

「確か、卒業のちょっと前に告白されて、キスしたら諦めるとか言われた気がします。つうか先輩のところに行こうと思ってた時に、あんまりしつこく引き止めてくるんで、逃げようとしてたら無理矢理キスされたんですよ」

「……――は？」

ああ、そうだったそうだった、とすっきりした様子で言った飯田とは裏腹に、木佐の表情は徐々に険悪なものとなっていく。じゃあなにか、俺はそんな場面を見て勘違いしたというのか。ならば、あの時から今までの十年は一体なんだったのか。

くだらなすぎるすれ違いの真実と、飯田の清々しい表情にむかつき、思わずぱしんと頭をはたく。無論、八つ当たりだ。

「うるさい、なんでそんな紛らわしいことをしてる！　ああ、くだらない……」

「先輩、痛い」

ぐったりとソファに懐いた木佐に、頭上で飯田が笑う気配がする。そして機嫌を取るかのように、木佐の肩口に幾度も口づけを落とした。

「あの時に一度、先輩のことは諦めようと決心したんです。俺が側にいて、逆に先輩を苦しめたら意味がないですし。時間が経てば、多分、諦めもつくだろう……忘れようって」

そのために、警察に入ってからはひたすら仕事に打ち込んだ。脇目も振らずに働き、目標でもあった刑事を目指し。ようやく念願かなって所轄署の刑事課に配属になった後、成瀬に会った。それは、本当に偶然の賜《たまもの》だったらしい。

木佐に繋がるものを、再び見つけてしまった。成瀬から近況を聞き、今も木佐が一人でいると知った時、心の底から、もう一度会いたいと思ってしまったのだという。

結局は、時間が経っても木佐への気持ちを捨て切れなかった。そう、飯田が苦笑する。

「駄目元でした。これが最後のチャンスだって。でも先輩は、嫌な顔はしたけど相手はしてくれた。それに追い出さなかったでしょう。だから、望みはあると思ったんです」

木佐が本当に自分のことを嫌がっているのならば、基本的に相手をしないだろう。仕事がらみならともかく、プライベートでの木佐はその線引きがはっきりしているのだと飯田が笑った。

「……うるさい」

反論が鈍いのは、それが事実だからだ。基本的に、嫌いだと思う人間には関わらない。仕事ならば我慢もするが、プライベートでそんな我慢をしても仕方がないというのが木佐の持論だ。

再会しても、飯田が昔の傷のことを気にかけていると思い込み、木佐が未だにそのことを気にしていることが判った。だから、余計に諦めがつかなかったのだと飯田は語った。つまり、自分達は同じことを気にしながら、結局どちらからも踏み出せずに同じ場所で立ち尽くしていたということか。どれだけ臆病なんだと、我ながら呆れてしまう。

「この間、頼りにならないかって言っていたでしょう」

不意に告げられた言葉に、視線をさ迷わせる。確かにそうだが、こうやって面と向かって言われると恥ずかしい。自分に頼ってくれと言葉に出して言うなど、駄々を捏《こ》ねた子供のようではないか。

「今回は、言えない理由がありましたけど……俺は、先輩にだけは格好悪いところを見せたくなかった。昔から、ずっと。年下でも、頼りになると思われたかった」

その言葉に、わずかな苦みがあることに気づく。頼りにならないかという木佐自身が、自ら飯田に頼ろうとしたことがあったか。そう言われている気がしたのだ。

木佐自身は、頼りにしているつもりでも、言葉に出したことはない。それでは伝わらなくても当然だ。結局、自分のことしか見えていなかったのだと自覚する。

それに、と重ねて続けられる。木佐の隣には成瀬がいた。友人で歳が同じという面があるにせよ、木佐が成瀬に頼る度に複雑な気分だったと言われ、言葉がなくなる。

今回、飯田が成瀬を頼った時、同じようなことを思ったとはさすがに言えない。理由があったにせよ、自分を素通りしていくことが腹立たしかったのは事実だ。

「ずっと、頼ってたよ」

だから、そんな顔をしないで欲しい。柔らかく微笑み、囁くように告げる。飯田の抱えた鬱屈を癒すように、そっと指先で頬を撫でれば、飯田の表情がふっと緩む。

「そうですか？　昔から、先輩にあれこれやって貰った記憶はありますけど」

左腕のことがあったにせよ、ずっと気遣ってもらった。あれ程諦めなければと自分に言い聞かせながら、飯田の側から離れられなかったのは、結局甘えていたからだ。

会っていなかった五年間、飯田のことばかり思い出していた、とは言わない。だが、仕事に打ち込んでいなければ多分そうなっていたとは思う。

誰か相手を探そうと思っても、無意識に飯田に似た人間に視線が行く。そんな自分が許せなくて、わざと全くタイプの異なる神城の誘いに乗ったりもした。

「それに……格好悪いところなら、たくさん見ていた気もするがな。お前の成績含めて」

まぜ返せば、それは言わないで下さいと、がっくりと飯田が肩を落とした。

「あ、でも。先輩が俺のことを嫌いだって言う度に、俺は、逆に好きだと言われているような気がしました。勝手にですけど」

「な……っ」

さすがにそれは自信過剰だ。思わず声を上げれば、飯田がだって、と子供みたいな言葉で反論してきた。

「絶対に、他の人間に『嫌いだ』なんて言わないでしょう」

嫌いな人間に、わざわざ『嫌いだ』という言葉を言いはしない。そして単なる友人なら、好き嫌いを論じることもない。ならば、木佐にとって飯田は『嫌い』でも友人でもない位置にいるということだ。

「まあ、俺の知っている限りですが。先輩が人に『嫌い』なんていってるところ、見たことありませんよ」

「……――っ」

にっこりと、どうしてこんな時ばかり自信ありげに笑うのか。指摘されるまで、そんなことは自覚していなかった。その上、飯田の言っていることが事実なだけに、いたたまれない。

「う、るさい！　いつまでもべらべら喋ってると追い出すぞ！」

最終的にとった方法は、完全なる八つ当たり。どん、と思い切り胸の辺りを拳で殴れば、ぐ、と呻いた飯田が木佐の胸の上に顔を伏せた。そこでようやく、飯田が撃たれたことを思い出す。

「悪い！　大丈夫か？　おい、飯田！」

「あー、だ、いじょうぶです。ちょっとまともに入っただけで。って、そんな顔しないで下さいよ」

眉を下げた飯田が、木佐の顔に口づけを落とす。そもそも飯田は、木佐を庇って撃たれたのだ。後悔と心配とがない交ぜになり、視線を落とした。

「もし、先輩を庇って俺が怪我をしたとしたら」

お喋りはおしまいだとばかりに、木佐の身体に手を這わせ始めた飯田が、先程までとは一変し、ひどく真剣な声を出す。

「え？」

剥き出しになった肌を、温かい人肌が辿る。その感触を追いながら木佐が視線を上げれば、笑みを消し、鋭さを秘めた飯田の顔が視界に入った。隠していた牙を剥き出しにした、獰猛《どうもう》さすら窺える強い気配に、こくりと息を呑む。射竦められたように、それ以上身動きが取れなくなった木佐の耳元に顔を寄せ、ゆっくりと、低く囁く。

「俺は、それであんたを縛ります」

「く、ふっ……」

全ての服を剥ぎ取られ、飯田が木佐の全身を舌で辿っていく。あちこちに口づけを落としながら、時折強く吸われ、一切触れられないまま木佐の中心は固くなっていた。熾火《おきび》のようにじりじりと身体が追い上げられる。焦れったい感覚に幾度か自分で手を伸ばそうとしたが、その度に飯田の手に払われた。結果、置き所のなくなった手は、快感をやり過ごすためソファに爪を立てている。

「先輩、そろそろ喋る気になりました？」

「う、るさ……さっさと、し……っ」

飯田の問いに声を出そうとすると、乳首へ唇を寄せられた。しつこいくらいに弄られた先端は、熱をもって立ち上がっている。じんじんとするそこを、舌で舐《ねぶ》られ、唇で咥えられる。緩やかな刺激でも、敏感な部分では強いものとなる。咄嗟に上がりそうになった声を噛み、顔をソファの背もたれの方へと向けた。

「——そんなに言えないようなことでも、したんですか」

低い呟きに、ぎくりとする。ちらりと視線をやれば、そこには明らかに不機嫌になっている飯田の顔がある。言えないわけではないが、言いたくはない。かといって現実よりも過激な想像でもされて、誤解されては本末転倒だ。

先程から飯田に問いつめられているのは、神城を脅したネタのことについてだった。飯田には一切喋る気などなかったのだが、何を思ったか、神城から情報が流れたらしい。

神城にしてみれば、あの時のやりとりを録音したものがあることをばらして、消させるのが目的だったのだろう。己を使ってネタを取った木佐に言っても埒があかないため、周囲にやらせようという魂胆だ。神城だけに被害を与えるものならばともかく、あれは木佐にも大きな損害を与える。ならば、周囲は必ず止めるだろうと踏んだのだ。

最も効果のある人物を選んできたのが、余計に腹立たしい。

「相変わらず、木佐の中は気持ちが良かったぞ、ね……しかもなんですか、録音したレコーダーと写真って。さっさと出して下さい。ぶっ壊しますから」

低く淡々と、だが決して穏やかではない声音に、口に出すのがますます躊躇われる。腹を立てている様子に嬉しくもあり、居心地の悪さもあり。互いの気持ちを確かめ合った今だからこそ言える台詞であるとは判っているが、今この時にあの夜のことなど口に出したくなかった。

(思い出したら、気持ち悪くなってきた)

幾ら相手がセフレだったといっても、あくまでも昔の話な上、状況的な心情も異なる。その上、飯田に抱かれた後だったのだ。ずっと想ってきた相手と身体を重ねた後に、なんとも思っていない人間を相手にするなど、嫌に決まっている。

だがそれでも、飯田を助けるための材料を得られたのだから、後悔はしていないが。

むっと眉を寄せ黙り込んでしまった木佐に、飯田がやや不機嫌な気配を収める。胸から上げた顔を、木佐へと寄せた。閉じた口を開かせるかのように、唇が重ねられる。

「ふ……はっ」

幾度も続く口づけは、次第に舌を絡ませ合い、水音を立てるものへと変わっていく。木佐の手は飯田の首へと回り、自分から引き寄せるようにして口づけを深くした。

「たいしたことは、してない」

唇をわずかに離し、木佐がぽつりと呟いた。それを聞いた飯田が、宥めるように、木佐の顔へと口づけを落としていく。

「すみません……。過去にあいつとどういう関係だったのかは、良いんです。けど、今回のは完全に俺のせいでしょう？　だから、俺が何をさせてしまったのか、それを知っておきたいんだ」

多分、知らなくて済むなら、飯田も知りたくはないだろう。けれど、木佐が自分のために傷つくようなことになったのなら、ちゃんと知っておきたいという。それが、良いのか悪いのかは判らない。木佐は、諦めるように溜息をついた。

「――言いたくない」

だから、実行する。心の中でそう呟き、飯田の身体を押し返した。突如木佐が身体を起こし、飯田が目を瞠る。機嫌を損ねてしまったのかと心配しているのだろう。自分が言い出したことなだけに、もしここで木佐がやめると言えばやめようと諦めているのが表情から判った。小さく笑い、口づける。

「座って」

耳元で囁き、飯田をソファに腰掛けさせる。何事か、と顔全体に書いてある飯田をちらりと見て、ソファを降りた。そして、飯田の脚の間で床に膝をつく。

「な！　せ、先輩!?」

ひっくり返った声に、笑いたくなる。だが真剣さを装った顔でうるさいと一蹴し、飯田のズボンの前をくつろげた。既に固くなっている中心が、下着を押し上げている。木佐の身体を愛撫しながら、自身も昂ぶっていたのだ。神城相手の時とは違う、ひどく幸せな気分で、愛しげに飯田のものへと唇を寄せた。

「う、わ……」

下着の上から先端に口づけ、舐める。そして下着を押し下げ、遮る物がなくなったものを直接口へと運んだ。上から下へ舐め上げると、硬直していた飯田の身体がびくりと震える。この間、自分もしただろうに。そう思いながら、愛撫を続けた。

口腔に飯田のものを収め、唇で扱きながら下の方を掌で包んで擦る。亀頭を舌で舐め、擦り、そうやっているうちに、やがて木佐の動きに合わせて飯田の腰が動き始めた。

決して奥まで突かないよう堪えているのが判る。食いしめた歯の間から微かに漏れる呻き声が奇妙に扇情的で、木佐は自身のものが張りつめていくのを感じていた。

「く、あ……離っ」

やがて飯田に限界が訪れた頃、頭に手が乗せられ、引き剥がされそうになる。それを拒んで、飯田のものを咥えたまま、最後の刺激を与えた。

「つ！　くっ……！」

口腔に、ぴしゃりと生温かいものが広がる。躊躇わず嚥下《えんか》し、飯田が腰を震わせて放ったものを全て飲んだ。咥えていたものから唇を外し、最後の仕上げとばかりにぺろりと竿を舐める。

「ちょ、待って……っああ、もう！」

ん？　と上目遣いに見れば、苛立ったような声を上げた飯田が、木佐の脇に手を入れて身体を引き上げた。突然の強い力に目を丸くしていれば、噛みつくような勢いで口づけられる。

「ん、んんっ！」

苦しさに声を上げれば、舌が無遠慮に唇から差し込まれ、口腔中を舐められる。まるで拭うような口づけに、飯田の意図を悟って口元に笑みが広がった。

「……まず」

「お前だって、この間しただろう」

げろーっと本気でまずそうに舌を出した飯田に、木佐が呆れた声を出す。けれど、ふざけた中にどこか複雑そうな色を見つけ、気にしなくて良いというように頬へと口づけた。

「……あの人のは、飲んでない。それに、やったのは本当にこれだけだ」

耳元でそっと囁き、再び視線を合わせる。互いに笑い、仕切り直しのようにキスを交わした。

「お前も同じことをするなら」

ふと、飯田のものをもう一度掌で握る。二、三度扱き、何気なく思いついたことを提案してみた。

「次は、顔にかけるか？」

「……――っ！」

息を呑んだ飯田が、ぎゅっと木佐の身体を抱きしめる。何かに耐えるように呻き、やがて木佐の肩に顔を埋めたまま、ひどく情けない声で呟いた。

「……――勘弁して下さい」

本気の懇願に声を上げて笑いながら、木佐は「じゃあ、今度な」と飯田の背をぽんと叩いた。

今まで誰とやってもこんなに感じたことはなかったと言えば、信じるだろうか。

身体を重ねた時に感じる人肌の温かさは同じなのに、それがずっと想い続けてきた人間のものだと思うと、それだけで鼓動が速くなる。なのに、誰に抱きしめられている時よりも深い安堵を感じるのだから、不思議なものだ。

折角だから、広いところに行こう。そう言って寝室に場所を移してから、どれくらい時間が経っただろう。ベッドへ身体を横たえて以降、木佐は時間の感覚を失っていた。

「ん、はっ……んくっ」

ベッドヘッドに背を預けて座った飯田の脚の上に、座り込むように木佐が腰を沈める。息を詰めて、飯田の勃ち上がったものに手を添えて導いた。先走りに濡れた先端が、木佐の後ろの入口を滑る。

「つく」

震える身体を抑え、蕾へと先端をあてがう。そしてゆっくりと飯田のものを飲み込んでいった。じりじりと後ろが開かれる感覚に、飯田の肩に置いた手に力がこもる。

腰を支えている飯田は、何も言わず木佐を見ている。一瞬たりとも木佐の顔から目を離さず、それがいたたまれなさを増幅させていた。

「見る、な……馬鹿……」

「嫌です」

文句は、あっさりと却下される。飯田が木佐の腰に手を添えたまま動かないのは、「自分がやる」と木佐が言い出したからだ。確かに、言った。言ったが、少しは協力するなり見るのをやめるなりしろと、心の中で悪態をついた。

ゆっくりと腰を落とし、先端を収めていく。途中まで入ってしまえば、あとはどうにかなる。埋め込まれる圧迫感に締めつけそうになるのを、出来るだけ身体から力を抜くことで堪えた。やがて時間をかけて半分程埋め込んだところで、動きを止める。自分から入れる時には、身体が痛みと衝撃を覚えている分、つい躊躇してしまう。

飯田の肩に縋り、息を整える。空気が触れたところが冷たく感じるのは、自分の肌がほてっているからだ。だが、自分と同じくらいに飯田の肌が熱いのは、どうしてか。

(我慢、してるのか)

木佐と同じく、飯田もまた汗に濡れている。木佐の身体のことを慮《おもんぱか》り、自由に動きたい衝動を堪えているのか。眉を寄せた顔を見て、それを悟る。

「悪いな、もう少し我慢してくれ」

「はは……」

口元に笑みを刻み、わざとふざけるように言う。すると飯田も力ない笑みを見せ、了解、と返した。そして再び腰を落とそうとした瞬間、不意打ちのように飯田の唇が胸の先端を舐め、腰から一気に力が抜けた。

「……――っ！」

ぐっと、自重で飯田が身体の奥深くまで入り込む。その衝撃に、思わず達しそうになるのを、奥歯を噛みしめ耐えた。木佐が力を入れたことで、飯田自身も締めつけられているはずだが、そんなことに構ってはいられない。

「ちょ、先輩、力抜いて……痛っ」

「う、るさ……ば……」

馬鹿、と言おうとしたが言葉にならず、必死に息を吸う。衝撃がどうにか去ると、身体から徐々に力を抜き、深く溜息をついた。ぐったりと飯田の胸にもたれれば、すみません、と申し訳なさそうな、なのに満足げな声が聞こえる。

「あそこまでいったら、一気に入れた方がいいかなー……と、思って……」

確かに、あそこまで入っていれば、一気に入れてもさほど痛みは感じなくて済む。だが、心構えもなく身体の中を抉られれば、誰だって驚くだろう。この馬鹿犬、と肩に噛みつけば、すみませんと飯田が項垂れた。

「……――気持ち良いか？」

問えば、飯田が木佐の腰から手を滑らせる。そのまま木佐の後ろへと向かった指が、繋がった部分を柔らかく撫でた。

「んっ」

鋭敏な箇所を刺激され、思わず後ろを締めつける。一瞬息を詰めた飯田が、どこか嬉しそうに囁いた。

「先輩の中、すげえ温かくて……気持ち良いです」

微かな吐息混じりの声で言われ、かっと頬が熱くなる。それでも、ちゃんと飯田も気持ち良くなっているということが嬉しく、ゆっくりと動き始めた。一旦腰を上げ、ぎりぎりまで引き抜いて、再び腰を落とす。自身の中を、熱塊が往復する。その淫らな感覚に、下手をすれば脚の力が抜けてしまいそうになりながら、身体を揺らした。

「ん、ん……」

「っく」

しばらく木佐の様子を窺っていた飯田の表情から、次第に余裕が消え去っていく。堪えるように眉を寄せて木佐の身体を支えていたが、やがて「先輩」と声を上げた。

「やっぱ……動いて、いいですか？」

「ふ――っあ！」

恐る恐る告げられたそれがおかしくて、思わず噴き出してしまった。だがその拍子に後ろに飲み込んだものを締めつけてしまい、声を上げる。どくどくと脈打つ塊が、ぐんとその存在感を増した気がして背筋が震えた。

そして奥まで飯田を飲み込んだ状態で動きを止め、仕方ないと溜息をつく。

「いいぞ。ただし、ちゃんと責任持てよ?」

本当は、今の状態で物足りなかったのは木佐も同じだ。自分一人で動くにも限界があり、もっと強い刺激が欲しいと身体が訴えていた。だが、それは言わないでおく。

「鋭意努力します」

嬉しそうにそう答えた飯田が、ぐっと再び木佐の腰に手をかける。力強い手が、じんと熱を伝えてきた。深く繋がった状態で、ぐい、と思い切り腰を入れられる。

「あっ……——っ」

木佐の腰は押さえつけられているため、逃げられない。自重で深く繋がっていたものが更に奥まで届くような感覚に、快感が全身を襲う。今まで誰も触れなかった場所まで飯田が抉ってくるようで、衝撃をやり過ごすため咄嗟に飯田の頭を抱え込もうとした。

「ん、待……くっ」

けれど、引き寄せられるまま木佐の胸元に顔を寄せた飯田は、先端を舌で転がし始めた。下から突き上げられながら、上にも刺激を与えられる。そして、不意に木佐の腰から片手が離れたと思った途端、前が掌に包まれた。

「うあ、ん、い、飯田……」

「先輩、先輩……——」

部屋に響く水音は、どこからのものか。後ろと前と胸とを一気に責められ、木佐は喘ぎながら飯田の名を呼ぶ。がんがんと下から突き上げてくる動きに容赦はなく、けれどちゃんと木佐が反応を返した部分を狙ってくる。そして木佐もまた、身体の中の疼く場所へ飯田を擦りつけるようにして腰を揺らした。

「ん、ん、も……駄目だ……あっ！」

やがて限界を訴えれば、指先で右の胸の先端をぎゅっと痛い程に摘まれる。その刺激に思わず後ろを引き絞ったところで、飯田が一層動きを激しくした。膝の力が抜けかけていた木佐は、その動きに翻弄されながら、声を上げた。

「あ、いく、あ――っ」

後ろの動きに合わせて前を強く扱き上げられ、びくんと腰が震えた。一気に頂点へと押し上げられ、飯田の腹筋へと欲望を吐き出す。そして飯田自身も、木佐が達した衝撃で締めつけられ、最後の時を迎えた。身体の中でびくびくと震えるそれが、何よりも愛しい。

「ふ、は……っ」

肩で息をしながら、飯田の身体にもたれる。受け止められ、宥めるように背を撫でられてほっと息をついた。こんな些細なことでも、胸の奥が温かくなる。やることをやれば、すぐに身体を離して身支度を整える。身体だけの付き合いならばそれで事足りたが、やはりそれは『欲望を満たす』ための関係だったのだと実感した。

「先輩……」

耳朶を唇で挟まれ、ぴちゃりと音を立てて舌をあてられる。かりっと歯を立てられれば、痛みよりも刺激となって木佐の身体を震わせた。

「待て、もう少し……」

せめて身体が落ち着くまで、待ってくれ。そう言おうとするものの、言葉はごそごそと動き始めた飯田の手に封じられた。繋がったまま、身体のあちこちを撫でられる。そして掌が下へとさがり、繋がった部分へと辿り着いた時、くすりと笑う気配がした。

「すげえ、ぬるぬるですよ、先輩」

「……――っ！」

指先で撫でられたそこは、先程飯田が放ったものがあふれているのか、濡れそぼっている。くちくちと撫でる度に立つ水音にいたたまれなくなり、視線をさ迷わせた。

「や、め……」

身体を離そうとするが、がっちりとホールドされていて動けない。首筋を舐めながら後ろを撫でられ、木佐の腰が徐々に疼き始めた。抜かれないままの飯田が、再び芯を持ち始めている。

「お、前……また固く……っ」

「だって、気持ち良くて。抜くの勿体ないです……」

いい大人が、言い訳に『だって』を使うな。心の中で突っ込みながらも、口からは喘ぎ声だけがあふれ出る。やがて完全に飯田のものが固さを取り戻した頃、そっと身体が背後に押し倒された。ベッドに背中が沈み、脚が抱え上げられる。上から、飯田が覆い被さってきた。

木佐の左腕を取り、傷跡へ唇を寄せる。ちろりと舐められれば、それに反応するように後ろが蠢いた。

「あ」

自分でも反応してしまったのが判り、羞恥で顔を背ける。どうしてだろう。こうして身体を繋げ、心を満たされた状態で傷跡を舐められると、心の奥にあった傷が少しずつ癒されていくような気がする。胸が詰まり、無性に泣きたいような衝動が湧き起こった。

もう、この傷があるからと、自分の気持ちを殺さなくて良いのだ。

「……真咲」

ふ、と囁いた声に、驚いて前を向く。すると、飯田が頬を緩めたまま音を立ててこれが最後だというように、左腕の傷へと口づけた。

「ずっと、そう呼びたかった」

「正宗……――」

切なげな顔でそう言った飯田に、何を考えるでもなく口をついた言葉。それは、ずっと木佐が封じていた呼び名であった。自分自身で驚きに目を瞠った。使い分けていたわけではなく、そう呼べば自分の気持ちを隠していられないと思ったから、呼べなかったのだ。

「ああ、やっと戻った」

ひどく嬉しげな表情が、心を満たす。これで、ようやくスタート地点に戻ったのだと。胸が苦しくなり、視界がぼやける。飯田の困ったような笑顔も、霞《かす》んでいた。

「泣かないで下さいよ」

そう言われ、眦《まなじり》から涙があふれていることを知る。どうしてだろう。普段は泣くことなど絶対にないのに、飯田の前では涙腺が壊れてしまったかのように涙があふれる。そしてふと、自分の気持ちを本当に乱すことが出来るのは、飯田だけだったのだと気がつく。

誰に何を言われても、何をされても。自分の本質を傷つけるには至らなかった。傷ついてやるだけの思い入れのある人間などおらず、受け流してしまう方が手っ取り早い。けれど、飯田にだけはそれが出来なかった。

涙を止めようと瞼を閉じれば、頭上で「いや、違うか」と自分の言葉を否定する声が、耳に届いた。なんのことだろうか。瞼を開き飯田を見上げれば、愛おしげな表情でこちらを見る飯田と視線が合った。両手を指を絡めて握られ、ベッドに押しつけられる。

「泣くのは、俺の前だけにして下さい」

怒るのも、泣くのも。全部自分だけに向けて下さい、と。そんな傲慢な台詞を木佐に向かって言いながら、どちらからともなく口づけた。

「ん、ん……っ」

絶え間なく口づけながら、ゆるゆると飯田が腰を動かす。抱え上げられた脚を飯田の腰に絡め、木佐もまた自分のものを飯田に擦りつけるようにして、身体を揺らした。ゆっくりした動きが激しくなるまでに、そう時間はかからない。

重ねた唇を解き、飯田が少しだけ身体を離す。木佐をベッドへと縫い止めた両手はそのままに、強靭な腰遣いで突き上げを始めた。一度放ったものが潤滑剤となり、先程までとは比べものにならないほど、飯田のものが滑らかに出入りしていく。そしてまた木佐も、自分の身体が今までとは段違いの鋭敏さで快感を拾っていることに気づいた。

「な、嫌……待、なんか、おかしい……」

「つく……。あんた、今すげえ感じてる顔してますよ」

自分でも制御出来ない感覚に、恐怖すら感じながら木佐が声を上げる。止まりかけていた涙が、再び目尻を濡らし零れ落ちた。飯田に触れられているところ全てが熱く、その熱さに縋るように、飯田の名を呼ぶ。

「ま、さむね……っ」

「……っ」

飯田の、思わず、といったような呻き声に混じった艶。歯を食いしばり、衝動を堪えるようなその声に、じんと身体の奥が痺れる。

「好き……好きだ、正宗……っ」

心の底から突き上げてくるような感情とともに、木佐が飯田を見つめたまま告げる。涙に濡れた瞳に映る、色香と隠された繊細さ、そして強い想い。絶対に表に出さない、自分の弱い部分を晒した木佐に、正しくそれらを見つけた飯田が息を呑む。

「真咲……――」

「つあ……そこ、やめ、駄目だ……っ」

ぐん、と飯田自身が嵩《かさ》を増したような気がして、木佐がかぶりを振る。突き上げられた更に奥、一層感じる場所を突かれて全身が震えた。駄目だと言いながらも、より淫らに、けれど今までになく素直に感情を表に出す木佐に、飯田が欲情を隠さないまま目を細めた。

「あんた……可愛いな」

あまりに嬉しそうな、幸福そうな顔。その顔に、木佐は、快感に飲まれながらも激しい羞恥に襲われてしまう。全身が、熱い。

「……っ！　馬鹿、な……っ」

飯田の言葉に反論しようとした声は、ぐいと腰を押し込められることで塞がれた。

後ろから、ぐちぐちと何かを掻き混ぜるような音が響き、性感を煽る。あまりの快感に身体が逃げをうち、身を捩る。だがそれも新たな刺激を与える動きに他ならず、余計に喘ぐ結果となってしまった。

「正宗……正宗っ」

喘ぐ代わりに、飯田の名を幾度も呼ぶ。その度に一層内部を擦るものが激しく動く気がして、本能のまま呼び続けた。

「真咲っ」

飯田の腰に絡めた脚に力を入れ、もっと、というように繋がった部分を押しつける。もっと深く、もっと強く。繋がった部分が混じり合ってしまえと、中のものを締めつけた。

木佐の前からは、触られてもいないのに先走りがあふれている。それが後ろへと流れ、水音が更にひどくなった。両手を握られているため自身では触れず、また飯田も両手が塞がっているため触れない。後ろだけでいけとばかりに激しく突き上げられ、木佐は堪えることもなく声を上げ続けた。

「ん、んっ……も、正宗……っ」

自分の身体が、怖い程に反応している。今まで感じたことのない深い快楽に、いっそ恐怖さえ感じ、握られた手に力をこめる。握った手の力強さが、木佐をここに引き止めているような気すらした。

「あ、んっ……あ——……っ！」

「うっ……」

最後の階を駆け上がったのは、木佐の方が早かった。前には触られず、後ろの刺激だけで頂点に達したのだ。断続的に腰を震わせ、一気に解放する。と同時に、自身を最奥へと押し込んだ飯田が、同じように腰を震わせた。堪え切れないように跳ねる腰が、木佐へと押しつけられる。ぴしゃりと内部を濡らされた。

「つく、ん……っ」

放ったものを中に擦りつけるように腰を揺らされ、木佐が身体を震わせる。ゆっくりとした動きも、達したばかりの身体には激しい刺激となり、やめてくれと身を捩った。やがて完全に吐精が終わった頃、飯田がゆっくりと木佐の後ろから自分のものを引き抜く。

ずるりとした感触に、声を噛む。抱え上げられた脚を降ろされ、ぐったりとベッドへ身体を預けた。全身に力が入らず、覆い被さってきた飯田を睨みつける。

「……やりすぎだ、馬鹿」

「すみません、つい気持ち良すぎて」

恨みがましげな木佐の声にも、飄々《ひょうひょう》と返す。随分図太くなったものだと思い、すぐに最初から図太かったかと訂正した。じゃれつくように顔中にキスを降らせてくる飯田をそのままに、ふっと息を吐く。だが、すぐに飯田の膝が脚の間に入ってきたことに気づき、眉を顰めた。

「おい」

「……駄目ですか？」

お菓子を取り上げられた子供のような顔で、飯田が窺うように木佐の顔を覗き込んでくる。

大の大人がそんな情けない顔をするな、と思うものの、それに負ける自分もどうかしているのだと思う。

結局は、惚れた弱みということで、諦めるしかないのだろう。

「明日、仕事は？」

「あ、休みです」

ぱっと表情を輝かせたのは、木佐が言う答えを予測しているからか。けれど、それがくすぐったいだけで悔しくない時点で、大概やられていると自覚している。そして、大人しく待っている一つ年下の恋人に、許可を与えるべく首に腕を回した。

「なら、明日一日、しっかり働いて貰うからな」


「なあ、正宗」

「はい……」

「限度って言葉、知ってるか？」

「……知りません」

翌朝、ぐったりとベッドに沈み込んだ木佐の横で、飯田が正座をしながら肩を落とす。あの後続いた行為は、やがて場所を風呂場に移し、最後には木佐が気を失うようにして眠りについたところでようやく終わった。

確かに、やって良いとは言った。けれど、物事には限度というものがある。

目が覚めて起き上がろうとした瞬間、腰に一切力が入らなくなっている自身の身体を自覚した木佐は、当分好きにさせるのはやめておこうと心に誓った。

「あー……大丈夫です、か？」

「大丈夫に見えるなら、もう一回顔を洗ってこい」

咎めるような木佐の声に、そうですよね、と飯田が更に頭を下げる。その様子が、本気で項垂れる犬のようで笑いそうになってしまう。どうにかそれを堪えると、布団の中から飯田を手招いた。

「お前、まだ言ってないことがあるだろう」

「え？」

行為の最中は忘れていたが、飯田の婚約者の件が結局有耶無耶《うやむや》になったままだったのだ。あれは違うと飯田が言っていたから信じたが、どういうことだか説明しろ、と告げた。

飯田もすっかり忘れていたらしく、あー、とのんきに思い出したような声を上げた。

「あれ、先輩に知られてることの方がびっくりしたんですが。誰から聞いたんですか？」

「前に、お前の同僚から。物凄く仲が良さそうで羨ましいと聞いたが？」

冷たく言えば、飯田が慌てたように違いますと手を振る。以前ならば婚約者がいたことで胸の痛みを感じていたのに、今はそれがない。むしろ怒った振りが出来るようになったくらいなのだから、我ながら現金だ、と心の中で苦笑する。

「ええと、どっから説明したものか……というか、単純な話なんですけど、まずあいつは俺の幼馴染みです。ちなみにすげえ年上の彼氏がいます。恋愛関係になったことも、一度もないですよ」

産まれた時からの近所付き合いで、異性というよりは兄妹のようなものなのだと。そう言い足した飯田は、それで、と続けた。

「何ヶ月か前に、別の課の課長から、見合いを勧められたんですよ。それが機嫌損ねると結構面倒な人だったんで、手っ取り早く断るのに、頼んでしばらく婚約者の振りをして貰うことにしたんです。つうか、それのせいであれこれ奢《おご》らされて、一番ダメージ受けてるのは、俺の財布です……」

先日木佐が車の中で見つけた指輪は、その幼馴染みのものなのだという。丁度あの日の午前中に、頼まれて車を出したそうだ。その時に指輪を落とし、見つけたら届けるように言われていたらしい。

なので、職場の人間以外には婚約者がいるなんてことは言っていません。と締めくくった飯田に、木佐はそうかとだけ告げて、反対方向を向く。安心すると同時に、飯田にそんな幼馴染みがいたことを今まで知らなかったことが複雑で、どういう顔をして良いか判らなかったのだ。自分でもくだらないと思うが、これぱかりは仕方がなかった。

「あれ、先輩？」

（……戻ってるしな）

さすがにそれは、情けないので声に出しては言わない。飯田の先輩という呼び方は、もう癖のようなものだろう。すぐに切り替わるようなものでもあるまい。ふと、以前自分が成瀬に対して、朋に名前を呼ぶよう強制していたことについてからかったことを思い出す。これでは人のことを言えないだろう、と布団の中に顔を埋めた。

「先輩？」

木佐の顔を覗き込んできた飯田を、腹立ち紛れにじとりと睨む。すると、何を思ったか飯田が嬉しげにへらっと笑った。

「あれ、もしかして妬いてくれてますか？」

臆面もなく言う飯田に絶句し、馬鹿かと返す。だが調子に乗った飯田は、再び布団の中へと手を潜り込ませてきた。

「馬鹿、お前……っ」

さすがに、これ以上はもう身体がついていかない。慌ててその手を押さえようとするが、触るだけです、と飯田がばさりと布団を剥いだ。逃げようとした木佐の身体を押さえ、覆い被さってくる。

「キスだけ。駄目ですか?」

「……っ」

言いながら口づけられ、言葉に詰まる。木佐が何も言わないのを了承と取ったのか、飯田の唇が徐々に首筋へと下がっていった。

このままでは、昨夜の二の舞だ。本気で起きることすら出来なくなってしまいそうな事態に、木佐はあることを思いついて迷わず声を上げた。

「待て!」

木佐の声の鋭さに驚いたのか、びくり、と身体の上で飯田が固まる。そして上目遣いでこちらを窺うように、恐る恐る視線を上げる。その様子に笑いを噛み殺しながら、冷淡に次の言葉を投げた。

「お預け」

「う……っ」

呻き声とともに、本当にそのまま動かなくなってしまった飯田に、堪え切れずに噴き出す。笑うと腰に響き、痛みが走る。けれど呻きながらも笑いが止まらず、木佐は涙混じりでしばらくの間、声を上げて笑い続けた。

棚からぼた餅、瓢箪《ひょうたん》から駒。

そんな言葉を脳裏で思い浮かべながら、木佐は執務室で先日無事に解決した案件の報告書をファイルへと収めた。

「偶然って恐ろしいねぇ」

「まあ、そういうこともあるだろ」

鼻歌混じりの木佐に、成瀬が応接用のソファに腰を下ろして笑う。ソファテーブルの上には、終業時刻ぎりぎりに朋が運んできたコーヒーが置かれていた。まだ温かいカップを手に取り、成瀬が口をつける。

「まあ、早く片付いて良かったけど。羽田さんも協力的だったし」

全ての事件が終わった後、古林が持っていた拳銃の出所を洗っていた過程で、木佐の受けていた依頼が一つ片付いたのだ。

古林が、自分が持っていた改造銃は、元は別の組員が持っていたものだったと自供した。その組員の愛人と浮気していた際、女の家に隠されていたものを見つけ、こっそり持ち出してきたのだ、と。そしてそれがばれたことで、逃げ回っていたのだそうだ。

その組員が、古林を探す途中で元彼女である羽田に目をつけた。そして古林の居所を問い質している時、それを助けようとしたのが、先日の当番日に接見した江崎だった。

結局羽田の証言で、江崎は釈放された。そして江崎を訴え、拳銃の持ち主でもあった組員が逮捕されるに至ったのだ。

「まあ、今回ばかりは依頼人にお礼言われると、ちょっと申し訳なくなったよ」

江崎の話が一貫して筋が通っていたことや、木佐の働きかけにより、すぐに起訴されることはなかった。凶器の件も、江崎のものだという確固たる証拠がなく捜査は行われていた。ただ、最も有力であろう目撃証言を集めるのに難航していたところだったから、芋づる式に真相が明らかになったのは僥倖《ぎょうこう》だったのだ。仕事は仕事としてきちんとこなしていたし、手を抜いたということもなかったが、役に立てたという実感は薄い。

「事件が解決すりゃあ、それで良いんだよ。ま、古林も当分出てこねえだろうし、これで全て丸く収まったな」

「あいつもねえ、今回のことで、諦めてくれれば良いんだけど」

命を狙われたことを許す気はない。二度と会いたくないとも思う。それでも、心の底から憎む気になれないのは、多分、昔両親に責め立てられていた姿を見てしまったからだ。

飯田や木佐のことなど忘れて、自分の人生を歩んで欲しいと。出来れば、そうあって欲しかったと思う。飯田には甘いと言われたが、その気持ちは変わらなかった。

「まあ、逆恨みはしてそうだがな」

容赦ない成瀬の台詞に、まあねと乾いた笑いを漏らす。そして同じ会話を、先日飯田としたことを思い出した。

『先輩は、まず許すんですよね』

面白くなさそうな表情で、飯田はそう言った。

『昔刺された時……病院であいつが両親から世間体のことで責められているのを見た時、先輩、実はほとんど許してたでしょう』

その指摘に、木佐は無言で答えた。その通りだったからだ。

もちろんそれが筋違いの同情だと判っている。だがああやって一番身近な人間に、他人を基準に押さえつけられ続けたら、木佐だってたまらないとは思った。子供が道を誤ったことに対してではなく、今後の自分達がどういう目に遭うか。そればかりを言われても、子供は自分のために言われているとは思えないだろう。

『あの時は、結果的に直接被害を受けたのが俺じゃなかったので、何も言えませんでしたけど。今回は、違いましたから』

だからあの時、昔感じた俺の憤り分まで含めて古林を殴っておいたのだと。そう言った飯田に、けれどもし木佐が怪我さえしていなかったら、そして飯田自身が無事だったのなら、脅しはしても殴るまではしなかったのではないかと木佐は密かに思っていた。

もちろん、今回のことは古林自身の問題であるため容赦する気は一切ない。ただ、昔のことを許している時点で飯田には納得出来ないらしかった。

『あんたには、やっぱり弁護士が合ってますよ』

まず人を許すことが出来なければ、その人の権利を守るために戦うことは出来ない。そう飯田に告げられた時、木佐は今更ながらに、弁護士という道を選んでいて良かったと思った。

「さてと、そろそろ帰るかな」

幾つか打ち合わせを終わらせ、成瀬がソファから腰を上げる。

飯田とのやりとりを思い出しているうちに、実は飯田から成瀬との仲を疑われていたことを思い出し、思わず嫌な顔をしてしまった。

「なんだよ、その顔」

怪訝そうに問う成瀬に、飯田が言ったことをそのまま教えてやる。

実は昔から、度々成瀬と木佐の仲を疑っていたそうだ。もちろん、学生時代に恋人同士でなかったことは、側にいたため知っていた。けれど、成瀬と再会し一緒に事務所をやっていると聞いた時、やはり疑ったのだという。

その後事務所へ出入りするようになり、そういう関係ではないことは判ったが、木佐に信頼されている成瀬のことを思うだけで不安だったと。

ちなみに現在は、朋がいるため幾らか安心らしい。それを聞いた時、木佐は心の底から馬鹿かと呆れてしまった。

「あいつ、今度会ったら締めてやる」

木佐と同じく心底嫌そうな顔をした成瀬に、俺はもうやっといた、と付け加えた。

そして、あの時。飯田と言い合いになり一夜をともにした日『こんなつもりじゃなかった』と言った意味も判った。

見合い話が来た頃、飯田もまた木佐の気持ちが見えず、八方塞がりになっていた。嫌われていないことは判っても、自分のことを好きかどうかまでは判らない。そもそも男を相手に出来るかも、だ。再会してからも、結局関係は変わらず、ずるずると年数だけが過ぎていった。

そして幼馴染みに婚約者役を頼むついでに、昔から好きな人がいるが言えずにいるのだと相談した。その時、何も言わずに思い悩んでいても一生答えなんか出るはずがないと容赦なく扱《こ》き下ろされ、心を決めたのだという。

見合い騒動が落ち着いたら、木佐にはっきりと自分の気持ちを告げよう、と。

結果、その前に、言い合った上で木佐を抱いてしまうという事態を引き起こしてしまい、自己嫌悪に陥った末の言葉だったらしい。

「本当に、馬鹿だよねぇ」

見当違いな誤解をしていたのはお互いさまだが、あえて自分の分は見なかった振りをする。

「ああ、今日飯田来るんだろう?」

空のカップを持って執務室を出て行こうとしていた成瀬が、思い出したように足を止める。

「さあ？　あと一時間位したら帰るよ、俺は」

それに木佐は、関係ないと言わんばかりの答えを返す。それだけあれば、今日の分の書類仕事も片付くだろう。

「――お前達、相変わらずだな」

「変わりようがないよ、今更」

呆れたような成瀬の声に、肩を竦める。

そして、慌ててやって来るであろう恋人を、事務所で待つか家で待つかという、幸せな選択に頭を悩ませながら、木佐は仕事を片付けるべく書類を手にとった。

あとがき

こんにちは、もしくは初めまして。杉原那魅です。

幸いにも、二冊目の文庫を出して頂けることになり、前回以上に緊張しております。

このお話、前作『弁護士は不埒に甘く』の別キャラ話となっています。話の内容自体は独立していますので、読むのはこの本単独でも問題ないかと。もしこの本で興味をもって頂けましたら、前作もお手にとってみて頂けたら嬉しいです。今回脇キャラとなっている成瀬の、駄目大人っぷりが全開です(宣伝)

今回のテーマは……犬攻？　語感的に、ワンコというより犬という感じで。ワンコ攻は大好きなのですが、自分で書くと、単にヘタレているだけで可愛らしさが減ってしまう気が。おかしいな。

ええと。もう一つテーマ、というか。担当様に『実は初恋？』と突っ込まれた時、そこに気づかないで下さい、とこっそり思ったり。何年越しの初恋……。

この二人は、前作を最初に考えた時からキャラ自体は出来上がっていたので、書いていてとても楽しかったです。当初より、攻が恥ずかしい奴になった上に、受がリリカルになった気がしなくもないですが。

ちなみに受の名前が、ひらがなで書くと、上から読んでも下から読んでも……になることに気づいたのは、つい最近でした。考えておいて判らなかった抜けっぷり。たいしたことではないのですが、どうにも気になってしまいます。

前作に引き続き挿絵をご担当下さいました、汞りょう先生。お忙しい中、ありがとうございました。今回も、素敵なイラストでキャラ達が見られて、本当に幸せです。じっくり堪能させて頂くのが、今から楽しみで仕方ありません。

担当様。いつもご指導ありがとうございます。少しは学習出来ているといいのですが……と思いつつ。あまり出来ていない気もしますが(汗)今後とも、よろしくお願い致します。

また編集部をはじめ、この本に関わって下さった皆様にも、心よりお礼申し上げます。

そして最後になりましたが、この本をお手にとって下さった全ての皆様に。本当にありがとうございます。少しでも楽しんで頂ければ、幸いです。

それでは、またお会い出来ることを祈りつつ。

杉原那魅　拝

LiLiK
Label

この本を読んでのご意見、ご感想などをお寄せください。
杉原那魅先生、汞りょう先生へのお便りも
お待ちしております。

〒162-0814　東京都新宿区新小川町8-7
株式会社大誠社　LiLiK文庫編集部気付

大誠社リリ文庫

弁護士は一途に脆く

2010年11月22日　初版発行

著　者　杉原那魅《すぎはらなみ》
発行人　柏木浩樹
編集人　小口晶子
発行元　株式会社大誠社
〒162-0813　東京都新宿区東五軒町5-6
電話03-5225-9627（営業）
印刷所　株式会社誠晃印刷

ISBN978-4-904835-12-8　C0193

リリ文庫 大好評既刊

信じてる愛してる　そう言いきれる

芹生はるか Illustration 兼守美行

小説家としての才能と人気、誰もが恋する甘い美貌。全てに恵まれた日嵩は、幸せな人生だと言われ続け、自分でもそう思っていた。他人事のように冷静に。だが、突然現れた天使と言い張る、悪魔の翼を持つ男に「すごく不幸な匂いがする」と決めつけられ、勢いで一緒に暮らすことに。生意気でまっすぐな悪魔な天使は、日嵩の心が凍えた夜、くるおしいほどの激しさで満たしてくれる。しかし、天使の幼馴染みが、日嵩を傷付けたかつての親友の元にいると分かり！？

切ない忘れたい　でも愛してる

芹生はるか Illustration 兼守美行

俺達は一度、引き裂かれて。もう二度と愛しあえないと絶望していた——。天使である天祐は、ただひとりの人、日嵩の願いを叶えるためにその身を砕く。だが、ある恩恵により日嵩の許へと戻ってくる！　その頃、天祐によって記憶を封印されたもう一人の天使、日和は、初めての恋と時折浮かんでくる過去の断片に怯えていた。優しい恋人、室谷を愛しているのに怖いなんて。更に、なぜか仕事先のカメラマン、来栖に触られると気分が悪い。やがて日和の前に……！？

LiLiK Label